やさしい死神

大倉崇裕

落語専門誌「季刊落語」の編集部に配属された当初は大いに困惑した間宮緑《まみやみどり》だったが，徐々に馴染み，牧大路《まきおおみち》編集長との掛け合いも板についてきた。前座を卒業，そろそろ二つ目編集者というところか。総員二名の編集部には，なぜかしら校了前の忙しい時を狙ったように落語がらみの騒動が持ち込まれる。過去幾度も名探偵の横顔を見せてきた牧だが，平素は携帯電話の電源も入れずに寄席を回るばかり，仕事はそっちのけで全く当てにならない。そのあおりで緑のサービス残業と休日出勤は着実に増えていく。そして，山と積まれたゲラを前にした今日も……。

やさしい死神

大 倉 崇 裕

創元推理文庫

GENTLE DEATH

by

Takahiro Okura

2005

目次

やさしい死神

やさしい死神

一

「これがあなたの奉公先だ。布屋《ぬのや》という古手屋《ふるて》さん。至って、いいお家でな」

月《つき》の家《や》花助《はなすけ》の額に、うっすらと汗が浮かんでいる。照明を直接浴びているため、高座の温度は客席よりも高い。汗かきの花助としては、苦しいところだろう。

汗が目に滴り落ちたとしても、不用意に拭うことはできない。落語に入りこんでいる観客の神経が、現実に引き戻されてしまうからだ。

『高座の前はなるべく水分を取らないよう心がけています』

以前、インタビューで花助がそう言っていたのを、間宮緑《まみやみどり》は思い起こしていた。

「それにしても、あなたのように綺麗なお子が来てくれるとは、思いませんでした」

演《だ》し物は「口入屋《くちいれ》」。本日のトリを飾るネタである。

「口入屋」はもともと上方《かみがた》落語であり、それがいつしか東京に持ちこまれた。東京では「引っ越しの夢」という題名がついているが、花助はあまり気に入っていないらしい。今日もめくりには、墨黒々と「口入屋」と書かれていた。

口入屋の案内で、とある商家に美人の女中さんがやって来る。さあ、店の男連中は気が気ではない。番頭から丁稚《でっち》まで、大騒ぎを始める。

そんななか、女中さんは御寮人《ごりようにん》さんにお目見えする。

「あなたのように綺麗なお子、下《しも》の女中ではもったいない。上《かみ》の女中を務めてもらおうと思っています。ところで、これはなくてはならない、というわけではないのだけど、うちの旦那様は派手好きなお方。御酒《ごしゅ》を召されると三味線を弾けとおっしゃる。あなた、三味線の方はどう？」

　すると女中、恥ずかしげに顔をうつむけながら、

「三味線のことを言われると消え入りたいように存じます。死にました母親からちょっと糸《いと》道《みち》をつけてもらいましただけでございます。地唄《じうた》が百六十ばかり、義太夫《ぎだゆう》が三十段、常磐津《ときわづ》に清元《きよもと》、新内《しんない》、荻江《おぎえ》、都々逸《どどいつ》、大津絵《おおつえ》騒《さわ》ぎ唄、よしこの祭文《さいもん》、ちょんがれ、あほだら経《きよう》……」

「あほだら経までやれるの」

「書はお家《いえ》流、仮名は菊川《きくかわ》流、盆画盆石、香も少しはきき分けます。お点前《てまえ》は裏千家、花は池坊、お作法は小笠原流、謡曲は観世《かんぜ》流、剣術は一刀流、馬は大坪流、槍は宝蔵院《ほうぞういん》流、柔術は渋川流、軍学は山鹿《やまが》流、忍術は甲賀流、大砲の据え方、鉄砲の撃ち方、地雷のふせ方、のろしの揚げ方……」

　それを廊下で盗み聴きしていた丁稚が、大慌てで番頭のところにやって来る。

「番頭さん、もの凄い女中さんが来ました」

「ばたばたとうるさい奴だな、どうしました？」

「あの女中さん、地雷をふせて、のろしを揚げると言ってます。あんた、今晩忍んでいくのだったら、鎧兜《よろいかぶと》で行った方が……」

「馬鹿。忍んでいくだなんて、はしたない」

むろん、これは本心ではない。店の男衆、夜這いに行こうと狙っていたのだ。

そうこうするうちに夜が来る。

「一番最初に目を覚ましましたのが、二番番頭の杢兵衛《もくべえ》で、早速寝床を抜けだし、二階へ続く階段を……」

ところが、御寮人さんの計らいで、二階へ通じる梯子段の扉に鍵がかけてある。一計を案じた杢兵衛、屋根裏にある物置に上がり、そこから二階へ侵入しようと企てる。食器などが入っている吊り戸棚を足がかりに登ろうとしたが、

「棚を吊っております腕木が腐っていたのでたまりません。足をかけた途端にガラガラ」

杢兵衛、棚の一方を肩で担ぐことになってしまった。

「続いて目を覚ましたのが一番番頭。出遅れたとばかりに二階へ。ところが、扉には鍵がかかっております。一計を案じた番頭、屋根裏にある物置に上がって……、同じことを考えたんですな」

番頭、運悪く杢兵衛がいるのとは反対側に回ってしまった。棚は綱が一本切れ、かろうじ

て李兵衛が支えているだけ。番頭が足をかけた途端にガラガラ。

「こ、こいつはえらいことになった。まさか、棚を担ぐことになろうとは……」

「そこに来たのは、番頭さんですか」

「お、李兵衛。いいところに来た。ちょっと手を貸しておくれ」

「貸せません」

「なに？」

「私、棚のこっち側を支えてますんで」

「なんだ、おまえ、来てたのか」

場内は明るい笑いに包まれている。緑も知らず知らずのうちに引きこまれ、観客と一緒に爆笑していた。あたり憚《はばか》ることなく、大声で笑うことができる。それが寄席の醍醐味でもある。

目尻に溜まった涙を拭こうとして、ハンカチを取りだす。前列に坐る若い男に目がいったのは、そのときだった。男はじっと高座の花助を見ている。いや、睨んでいると言うべきか。口をへの字に結び、にこりともしない。

気に入らないことでもあるのかな？

緑は、男の顔から目が離せなくなってしまった。どうしてあんな顔をしているのだろう。花助の噺が面白くないのか？　いや、今夜の花助は最高の芸を見せている。他の客の反応を見れば明らかだ。

「こんな恰好で朝を迎えたら、大変なことになります。何とかしなさい」

「何とかって言われましても……」

　高座はいよいよサゲにかかる。

「この時期になると、台所が騒がしいねえ。多分、鼠が出たんですよ」

「ば、番頭さん、御寮人さんが起きてきた。どうしましょう、こんなところを見られたら……」

「仕方がない。おまえ、いびきをかきなさい」

「へ？」

「そのままの恰好で、いびきをかきなさい」

「は、はい。ぐー」

「ぐおー」

　吊り戸棚を肩に担いだまま、いびきをかいている二人。御寮人さんがそれを見つけて、

「あんたたち、そんなところで何をしているの？」

「はい、引っ越しの夢を見ております」

　場内割れんばかりの拍手。花助は深々とお辞儀をして、ゆっくりと立ち上がる。するすると下りてくる緞帳《どんちょう》。追出しの太鼓が威勢よく鳴り響く。

観客たちは、一斉に帰り支度を始める。だが、緑の斜め前に坐った男は微動だにしない。ただじっと高座を見つめている。まだそこに花助が坐っているかのように。

あれだけの芸を前にして、にこりともしない男。いったい、何者だろう。

ふいに、男が立ち上がった。くるりと緑の方を向く。はっと息を呑む緑の横を、男は足早に通り過ぎた。眉間に刻まれた深い皺。きっと結ばれた唇。笑わない男は、最後まで表情を変えなかった。

二

「笑わない男？」

編集部のデスクに肘をついたまま、牧大路《まきおおみち》が言った。右手の人さし指で、ベレー帽をくるくる回している。気のない相槌に、緑は少々ムッとして言い返す。

「花助師匠の芸は完璧でした。あれで笑わないなんて、おかしいですよ」

「おかしいのはおまえさんの方さ。落語を聴いたからって、必ず笑わなくちゃならんてことはないだろう」

「それはそうですけど……。でも、あの表情はちょっと異常です。高座の花助師匠を睨みつけるようにして」

「たまたま花助師匠の芸が気に入らなかったのかもしれん。『口入屋』という噺が、大嫌いだったのかもしれない。腹痛を我慢していただけかもしれんだろう」

「はいはい、編集長に話した私が馬鹿でした」

「ひでえ言い方だな。これでも、一応おまえさんの上司なんだぜ」

「上司なら、上司らしく仕事をしてください」

緑の机の上には、校正用のゲラが山になっていた。牧がデスクワークを放りだし、寄席巡りばかりしている結果だ。

「判った判った。気が向いたら、きちんと校正もやるよ」

「いつになったら気が向くんです？」

「漫才やってるみたいだな。とにかく、笑わない男のことは措《お》いといて、肝心の高座について聞かせてくれ。花助の『口入屋』はどうだった？」

何だかんだ言いながら、牧のペースに乗せられている。緑は小さくため息をつくと、椅子に腰を下ろした。

「次代の名人候補と言われるだけあって、いい出来でした。来週からの独演会、大入り満員間違いなしです」

ませた丁稚と番頭のかけ合い、新しい奉公人に一喜一憂する番頭たちのドタバタ。滑稽噺を得意とする花助だけに、上方生まれの「口入屋」は、まさに恰好のネタだった。

「花助師匠の十八番になりますよ」

「それを聞いて安心した。これから栄楽《えいらく》師匠のご機嫌伺いに行かなくちゃならんのだよ。花助の評判がいいのなら、頑固じいさんの機嫌も上向こうってもんだ」

「栄楽って、あの月の家栄楽師匠？」

落語界の重鎮、月の家栄楽。名人松《まつ》の家葉光《やばこう》や鈴《すず》の家梅治《やうめじ》ですら頭が上がらないと言われている、七十五歳の大名人。

「花助は栄楽師匠の直弟子だ。月の家一門はここ数年、パッとしたのがいなかったからな。ようやく現れた名人候補、そりゃ可愛がってるらしい」

月の家一門には、ここのところ伸び悩んでいる弟子が多い。大名人と言われる師匠の許では、かえって弟子が育ちにくいのかもしれない。

とはいえ、花助は若手真打の筆頭と言われる実力の持ち主だ。花助が刺激となり、他の弟子たちも精力的に高座をこなすようになってきている。

「だが……笑わない男。ちょっと気にはなるな」

牧が真顔に返ってつぶやいた。

「緑君、一度会ってみるか。栄楽師匠に」

そう言いながら、牧は腰を上げる。ベレー帽は既に頭の上だ。

「会うって、これからですか？」

「決まってるだろう」

「でも私、今夜は如月亭《きさらぎてい》で菊太郎《きくたろう》師匠の取材なんです」

「いいから、いいから」

牧は戸口に立ち、手招きをしている。

「栄楽師匠の家は上石神井《かみしゃくじい》だ。夕方までには戻ってこられるさ」

こうなると、何を言っても無駄である。緑はおとなしく従うことにした。山と積まれたゲラを横目で見ながら、部屋を後にする。この調子では、今週末も休みは取れそうにない。

三

栄楽の自宅は、西武新宿線上石神井駅から歩いて十分ほどのところにあった。

駅前の商店街を抜け細い通りをいくつか曲がると、いつの間にか閑静な住宅地に入っていた。比較的新しい家が多く、街全体が明るい雰囲気に包まれている。

「あれが師匠の家だ」

垣根を繞《めぐ》らした木造の平屋。その部分だけが、周囲の景観から浮いていた。向かいに新築の家があるため、余計にそう見えるのだろう。

「栄楽師匠は、ずっとあそこに？」

「親から継いだあの家に、一人住まいさ。独り身を通している人だからな」

「あのお歳で一人暮し。大丈夫なんですか」

「弟子たちが面倒を見てる。一人ずつ交代で寝泊まりしているらしい」

掃除、洗濯、食事の用意、さらには寄席への送り迎えもある。

「落語のためとはいえ、大変ですねぇ」

緑は思わず本音を口にした。

「そんなことはないさ。栄楽師匠は、あれで面倒見がいいからな。頼めばいくらでも稽古につき合ってくれる。天下の大名人と一つ屋根の下、さし向かいで稽古をつけてもらえるんだ。噺家冥利《みょうり》に尽きるってものさ」

なるほど。そういう考え方もあるか。緑はわけもなく感心してしまう。

牧が格子戸をからからと開け、庭へ入っていく。きちんと手入れされた見事な芝生だ。春ともなれば、さぞ綺麗な緑を見せてくれるのだろう。だが……。

「編集長、この家、ちょっと不用心じゃないですか」

緑は玄関扉の前で、牧にささやいた。垣根が低いのである。その気になれば簡単に乗り越えられる。庭は芝生が植わっているだけなので、中の様子も丸見えだ。生垣に沿うように、少し背の高い木を植えればいいのに。

「俺も何度か注意したんだ。弟子や後援会の人たちも、口を酸っぱくして言ってるんだがな。あの偏屈師匠、聞きゃしない」

ごめんくださいと声をあげ、牧は玄関を開けた。

「はい、はい」

かん高い声が響き渡り、足音が近づいてくる。その顔を見て、緑は驚きの声をあげた。

「花助師匠……」

玄関口に立ったのは、ほかでもない花助であった。トレーナーにジーンズというラフな恰好に、何と白いエプロンをしている。緑は危うく吹きだすところだった。

「おや、牧さんに緑さん」

人なつっこい笑みを浮かべ、花助の方が頭を下げた。

「こいつは奇遇だ。花助師匠がいるとは思わなかった」

「ローテーションってやつでしてね。真打も二つ目も、こいつには逆らえません」

牧は靴を脱ぎながら、

「聞いたよ。昨夜の高座、よかったそうじゃないか」

「恐れ入ります」

「今日もこれから高座だろう？　師匠の世話までして、大変だな」

「とんでもない。師匠の芸を盗む、またとない機会ですからね。他の者には譲れませんよ」

「ところで、師匠は元気かい？」

「はい。高座がないもんですから、退屈しているみたいで」

「足腰の調子はどうなんだい？」

花助が答えようと口を開きかけたとき、廊下の奥から怒鳴り声が響いてきた。

「ワシはまだまだいけるぞ。人を病人みたいに言うんじゃない」

月の家栄楽だった。花助は肩を竦《すく》める仕種をして、

「聞こえちまいましたよ」

「なるほど、思った以上に元気そうだな」

牧は式台へ上がった。緑もそっと後に続く。

「どうぞ、こちらへ」

案内しようとする花助を、牧が止めた。

「準備やら何やらで忙しいんだろう。俺が師匠の相手をしてるから」

牧は緑を従え、廊下を進んでいく。玄関から廊下を右へ。突き当たり正面が、栄楽の部屋であった。

「その声は牧だな。いいところへ来た。退屈していたんだ」

中からかすれたダミ声が聞こえる。

「失礼します」

牧がそう言って、障子戸を開けた。

小さな箪笥と湯のみの置かれたちゃぶ台。それ以外、何もない八畳間だ。真ん中には布団がのべられている。栄楽はその上にどっかと胡坐《あぐら》をかいていた。つるりと禿げ上がった丸い顔。とろんと垂れ下がった目に団子っ鼻。噺家一筋五十八年。常に観客を爆笑の渦に巻きこんできた男が、そこにいた。

「師匠、ごぶさたして……」

「牧、おまえの雑誌、いつも読んでるぞ」

牧の挨拶を遮るようにして、栄楽は言った。高座とは違い、その声は低くかすれている。

「花助のこと、おまえよく書きすぎじゃないか」

先月出た『季刊落語』で、花助の特集を組んだ。若手の成長株だと、広く世に知らしめたい。牧にはそんな思惑もあったようだ。

「そんなに厳しいことを言ったら、花助師匠が可哀想だ。『口入屋』『長屋の花見』には感服しましたよ」

こと落語に関しては、一切の妥協をしない牧だ。花助の芸は本物ということだろう。

栄楽は、満更でもない様子でにこりと笑った。

窓から入る日射しのおかげで、部屋はほんのりと暖かい。緑はほのかな眠気を感じ、目を瞬いた。

「お嬢さん、ここは居心地がいいか？」

栄楽に声をかけられ、緑ははっと我に返った。頬がかっと熱くなる。

「あ……」

牧がニヤニヤと口許を緩めながら紹介する。

「私の部下で間宮緑と申します」

だが栄楽はそれを無視して、

「この部屋が気に入っていてな。ほれ、ここで寝ていると、表を行く人がよく見える」

部屋の南側はすべて窓ガラスになっており、庭を完全に見通すことができる。さらに生垣が低いため、道を行き交う人の顔が、寝ながらにして見えてしまう。

「落語というのは、たった一人で多くの人物を演じ分けねばならん。絶えず人を見ていないと、芸はすぐに衰える」

目を細めて言う栄楽の言葉は、緑の胸に強く響いた。栄楽の持ちネタは二百近くあるだろう。登場する人物はいったい何人いることか。栄楽はそのすべてを、きっちりと演じ分けているのだ。誰の手を借りることもなく、たった一人で。

「師匠、そろそろ横になるお時間です」

廊下から花助が顔をだした。途端に栄楽の表情が曇る。

「もう少しいいだろう。今日は調子も悪くないし……」

「いけません。その姿勢は腰に負担がかかると、お医者さんがおっしゃっていました」

花助はぴしゃりと退ける。落語界の重鎮も形なしである。それ以上文句も言わず、栄楽は横になった。花助がそっと布団をかけてやる。

「なるべく高座にも上がらないようにと言われてるんですが……」

長時間の正座に激しい上半身の動き。高齢の体には相当な負担だろう。だが栄楽自身は、花助の心配など相手にしていない。

「へん、医者は何でも大袈裟に言いたがるんだよ。まったく寄ってたかって年寄り扱いしやがって。この間も、如月亭の席亭がわざわざ楽屋に来てな。本日は板つきにいたしましょうか、なんて言いやがる」

板つきというのは、足の悪い師匠を高座まで運び、坐らせてから緞帳を上げるシステムのことだ。板に正座した師匠を乗せ高座まで運んだことから、「板つき」と呼ぶようになった。

「怒鳴りつけてやったよ、ワシは。そんじょそこらの年寄りとは、鍛え方が違うんだ」

布団にくるまりながらとはいえ、栄楽は意気軒昂である。花助も苦笑するしかないようだ。

「思っていたよりお元気そうなんで、安心しましたよ、師匠」

牧の言葉に、栄楽の目が光る。

「当たり前だ。ウチの一門には頼りないやつが多い。花助が一人前になるまで、まだまだ面倒を見てやらんとな」

二十八になったばかりの花助など、駆けだしにしか見えないのかもしれない。牧がとりなすように言った。

「花助師匠は稽古熱心なお方だ。芸の方もめきめきと上達しています」

「ワシが目をつけたんだ。こいつは絶対に名人になる。ワシが死んだあとは、花助に栄楽の名前を継いでもらおうと思っている。どうだ、牧さん。花助はもっとうまくなるだろう？」

今度ばかりは、牧も返事に窮しているようだ。部屋の隅で身を縮めている花助を見やりながら、頭を掻いている。

「まあ、花助さん次第だと思いますが……」

「やれやれ。六十過ぎたらのんびり余生を送ろうと思っていたのに、心配の種は絶えることがないわ。こんなとき、花朝《かちょう》がいてくれたらな」

花朝？　初めて聞く名前だ。月の家門下に、花朝という噺家はいない。

だが緑以外の人間は皆、花朝を知っているらしい。部屋を包む空気が、心なし重たくなった。

花朝って誰だろう？

緑の疑問をよそに、栄楽はじっと庭の方を見ていた。

午後の日が、冬枯れの芝生を照らしている。垣根の向こうに人通りはなく、散り遅れた落ち葉が風に舞っているだけであった。

「栄楽も、歳には勝てないってことか」

駅までの道々、牧がぽつりとつぶやいた。目を細め、足早に歩いていく。あまり機嫌がよくないらしい。

「編集長、どうかしたんですか?」

緑も歩調を合わせ、牧に並んだ。緑の見る限り、栄楽は元気そうであった。足腰が弱くなったとはいえ、七十五という年齢を考えれば、無理からぬことである。

「編集長?」

答えはなかった。仕方なく、緑も無言のまま牧と並んで歩く。ひっそりとした住宅街。人通りもあまりない。

大通りに出る信号が見えたところで、牧が再び口を開いた。

「栄楽も寂しいんだろうな。独りでいると、余計なことを考えちまうのかもしれない」

「でも師匠は、落語界の未来を真剣に心配しておられました。余計なこととは思えないですけど」

「俺が言ってるのは、落語界のことじゃない、花朝のことさ。栄楽師匠の口から、彼の名前を聞こうとは思わなかった」

「花朝という名前は、聞いたことがないんですけど……」

「当然だ。月の家門下で、その名前を口にする者はいない」

「どうしてです？」

牧が突然、立ち止まった。

「気になるか？」

口許にうっすらと笑みが浮かんでいる。牧の撒いた餌に、見事食いついてしまったようだ。緑は大きくうなずいた。

「気になります」

「如月亭に行くまで、まだ時間があるな。ちょっとつき合え」

牧は駅前のコーヒースタンドに入っていった。最近よく見かけるチェーン店だ。

緑は腕時計に目をやった。午後四時。あと一時間くらいなら大丈夫だ。いざとなれば、取材を明日に延ばしてもいい。ゲラの校正は週末を潰してやる。そうだ、そうしよう。

自分に無理矢理言い聞かせ、緑は店に入った。

「花朝は、月の家を破門になった男だ。栄楽師匠と真っ向からぶつかってな。三年前のことさ」

「ぶつかったって、あの栄楽師匠とですか」

栄楽は、席亭たちから「火の玉」と言われるほどの噺家である。そんな師匠と渡り合うとは、いったいどんな人だったのだろう。

店内には、スーツ姿のサラリーマンが目立った。新聞や週刊誌を手に、一人でコーヒーを飲んでいる。牧と緑のコンビは異色と言えた。

「花朝の入門は、今から十三年前。花助が入門する三年前だった」

月の家花朝は、前座時代から異彩を放っていたという。

「記憶力が抜群でな。下座《げざ》の三味線からネタまで、あっという間に覚えちまった。羨ましい限りだったよ」

栄楽の許で修業し、三年で二つ目に昇進。栄楽は弟子の昇進に厳しい。三年で二つ目というのは、月の家門下では異例の早さと言ってよい。

「そんな凄い人がいたんですか。全然知りませんでした」

「問題はここからさ。花朝が二つ目になった年、今の花助が入門してきた。これがまた、なかなか筋がいいときたもんだから、栄楽師匠も喜んでな。栄楽門下は安泰だって、皆思ったものさ」

入門したての花助は、花朝を実の兄のように慕っていたという。将来、この二人を看板に、一門をもり立てていこう。栄楽の胸中には、そんな思いがあったに違いない。

ところが、思わぬところに落とし穴があった。

「花朝は、順調に腕を上げていった。今にして思うと、順調すぎたんだな。花朝は増長し始めた」

花朝は、極めて要領のいい人間だったらしい。大きな失敗をしないよう、器用に立ち回るタイプだ。

挫折を知らぬ人間は、いつしか他人を見下すようになる。

「栄楽師匠はあの通りの人だ。花朝に対しても、相当厳しい稽古をつけたらしい。同じネタを何度もさらわせ、新ネタをなかなか教えなかった。それが不満だったのさ」

師弟の間で、軽い衝突は何度もあったのだろう。少しずつ傷ついていった堤は、やがて決壊する。

「花朝が、栄楽師匠の許しなく、新ネタを高座にかけたんだ。師匠から教わっていないネタを勝手にしゃべるのは、今でも御法度《ごはっと》だからな。事は栄楽一門だけでは収まりきらなくなった。結局、花朝は破門された」

破門されたとき、花朝は二十七歳。今の花助とほぼ同年齢だ。

「非は全面的に花朝の側にある。そこで詫びの一つでも入れれば、何とかなったのかもしれない。別の師匠が間に入るなりして、噺家として再出発できたかもしれない。それを……」

牧は、眉を寄せ天井を振り仰いだ。

「花朝は、その夜のうちに荷物まとめて出ていきやがった。世話になった栄楽師匠に何も言わずにな」

栄楽が認めた才能。それは、落語界にとって貴重な財産であったはずだ。栄楽も他の師匠たちも、失いたくはなかっただろう。しかし、そんな思いは、若い花朝に通じなかった……。

無念の表情を浮かべる牧の気持ちが、緑にも伝わってきた。花朝が今も高座に上がっていれば、栄楽一門の現状は大きく異なっていたに違いない。

「そのあと、花朝師匠は？」

「どこで何をしているんだか。行方知れずさ」

栄楽一門の間で、花朝の名前がタブーとされていることは理解できた。

すると、今度は栄楽師匠の一言が気になり始める。破門した弟子のことを、なぜ口にしたのか。

「衰えていく自分の体、今一つパッとしない弟子たち。栄楽師匠は不安でしょうがないのさ。自分が高座に上がれなくなったあと、自分の教えた芸がどうなっていくのか」

「花助師匠がいるじゃないですか」

「たしかに名人の器だろうさ。だが、花助の得意は滑稽噺。人情噺から芝居噺、あらゆるジャンルをこなしてきた栄楽師匠からすると、ちと物足りないんじゃないのかな」

「そうでしょうか」

「花朝が得意としたのは人情噺だった。顔かたちは整っていたが、どちらかというと陰気な方でな。栄楽師匠は、いずれ『文七元結《ぶんしちもっとい》』や『子別れ』なんかを教えこもうとしていたらしい」

花助では演じきれないであろう、数々の噺。それを花朝に伝える。そんな栄楽の夢が、花朝の名前をつぶやかせたのか。

「何だか、悲しい話ですね」

口にしたコーヒーがひどく苦いものに思え、緑はカップを脇にどけてしまった。

「栄楽師匠の許には、毎日お弟子さんがやって来る。それなのに、自分が本当に求めている人はいないなんて……」

「落語の世界は世襲じゃない。実力のある者が、どんどん上に昇っていく。だが、てっぺんまで昇りきってしまったら、ひどく寂しい思いをしなきゃならん」

空になった紙コップを、牧はくしゃりと握り潰した。

四

「俺か？　俺はな、死神だよ」

前かがみになった花助が、ジロリと客席を睨む。

今夜の如月亭は、月の家花助独演会。トリを飾るのは、初挑戦となる演目「死神」だ。前評判も上々で、場内は大入り満員。立ち見の客がずらりと並んでいる。別の取材で出遅れた緑は席を確保することができず、最後部からの立ち見である。

「おまえ、そうそう世の中を悲観するもんでもない。俺が一ついいことを教えてやろう」

仕事をしてもうまくいかず、家に戻れば口うるさいかみさんに小言を言われる男。生きているのも億劫《おっくう》になり、表に出る。死に場所を求めうろうろしていると、貧相ななりをした不気味な男に出会う。その男は自分のことを死神だと言う。

「おまえ、今日から医者になれ」

「医者だと？　馬鹿言ってるんじゃねえよ。俺はこの歳になるまで、医術なんか学んだこともねえ」

「心得なんざ、関係ないんだよ。いいか、俺の言うことをよく聞くんだ。医者になって患者のところへ行き、もし死神が足許に坐っていたら、『あじゃらかもくれんえーびーしー、てけれっつのぱ』と唱えてみろ」

「へ？」

「これは死神を追い払う呪文だ。足許の死神はどこかへ行ってしまう。死神がいなくなれば、病人はたちどころに回復するだろう。おまえは名医になれるというわけだ。だがな、もし枕許に死神が坐っていたら、あきらめろ。それは寿命が尽きかけているということだ。何をしても患者は助からない」

男は大喜び。早速その場で呪文を唱えてみる。すると、目の前にいた死神があっという間に消えてしまった。

男は呪文を使って、次々と病人を治していく。評判は評判を呼び、ついには大金持ち。

「そうなりますと、もう口うるさいかみさんなぞは、金をやってさっさと離縁してしまいます。その代わりに妾を囲いましてな、毎日毎日、遊び暮らします」

しかし、いくら金があっても、使えばなくなる。金がなくなれば、女も離れていく。気がつけば、昔同様の一文無しになっていた。

「貧乏になったところで、男は慌てもいたしません。なくなったら稼げばいい。早速、医者の看板を掲げまして、町内を歩きます。かつては名医と名を馳せたくらいですから、次々と大家《たいか》からお呼びがかかります。ところが、ツキのないときというのは、何をやってもうまくいかないものでございますな。どの病人も、みんな死神が枕の方へ坐っております」

人の頭の間に見え隠れする高座。緑は背伸びをして、何とか花助を視野に捉えていた。花助の話しぶりは見事なものである。初めて高座にかけたとは、とても思えない。

栄楽師匠も鼻が高いだろうな。

さすがに立ち疲れ、ほっと一息ついた途端、いきなり袖を引っ張られた。

「きゃっ」

慌てて振り向いた緑の前に、牧が立っていた。

牧は今夜、池袋の劇場で鈴の家梅治一門の勉強会に出席する予定だった。どうして、こんな場所にいるのか。口を開こうとした緑を制し、牧がそっとささやいた。

「栄楽師匠が病院に担ぎこまれた。自宅の寝間で転倒して、頭を打ったらしい」

栄楽が運ばれたのは、富士見台《ふじみだい》病院だった。タクシーで駆けつけた牧と緑は、薄暗い廊下に立つ、栄楽門下の弟子たちに迎えられた。皆、知らせを聞いて飛んできたらしい。

「牧さん、緑さん」

真っ先に近づいてきたのは、月の家善蔵《ぜんぞう》だった。真を打って十年になる中堅。白髪交じりの頭を掻きながら、

「突然、お呼び立てしまして……」

「とんでもない。それで、栄楽師匠の容態は？」

「傷の程度は軽いようですが、念のため明日もう一度検査をするそうです」

「検査？」

「CTやら何やら、私らにはよく判らん検査です。倒れた拍子に、ちゃぶ台の角で頭を打ったらしくて。場所が場所なので、慎重に検査しておきたいと医者に言われました」

「となると、しばらく入院ということになりますか」

「やむを得んと思います。歳が歳ですから」

「意識はあるのですか？」

牧の問いに、善蔵は沈痛な面持ちのまま、首を振った。

「まだはっきりしないみたいです。鎮静剤の効果もあるのでしょうが、しゃべれるようになるのは、明日の朝以降のようで」

「そうですか。ご心配ですね」

廊下の壁にもたれ、数人の噺家が小声で話をしている。待合室の電気は既に消えており、皆、廊下で所在なさそうにしている。

「ちょっとよろしいですか」

善蔵が声をひそめて言った。どうやら、他の弟子たちには聞かれたくないらしい。牧は、それとなく待合室側へ移動する。

「実は、ご相談したいことがありまして」

大方そんなことだろうと予想していた。栄楽の入院は、落語界にとっての一大事ではある。しかし、わざわざ牧に知らせるべきものでもない。親しくつき合っているといっても、所詮牧は噺家ではないのだ。

にもかかわらず牧を病院に呼びつけたのは、裏に何かある証拠である。現に、善蔵の顔には、どう切りだしたらいいものかという逡巡が表れていた。

受付カウンターの手前まで来て、善蔵はやっと口を開いた。

「ご相談といいますのはほかでもない、栄楽師匠の昏倒についてなんです」

牧は無表情を装って、善蔵と向き合っている。

「実を申しますと、栄楽師匠は風邪をひいていらしたようで」

「先日お目にかかったときは、お元気そうでしたが」

「昨夕、急に熱をだされたんです。それでへん平《べい》を泊まりこませ、色々とお世話をさせておりました」

へん平は入門四年目、今年二十歳になる前座だ。稽古熱心なうえ頭の回転も早く、師匠連中には人気があった。

「寝間で倒れている栄楽師匠を見つけたのも、へん平でして」

緑は、廊下にたむろする噺家たちに目をやった。へん平は一人、壁にもたれてうつむいている。その思い詰めた様子が気になり、緑は善蔵に言った。

「救急車を呼んだのも、へん平さんですか?」

「ええ。あいつが落ち着いて行動してくれたおかげで、助かりました」

緑がへん平の立場だったら、慌てるばかりで何もできなかったかもしれない。

「ところで牧さん、ご相談というのはここからなんです」

善蔵が真顔に返って言う。

「救急車が来るまで、へん平はずっと栄楽師匠の枕許にいました。そのときに、妙なうわ言を聞いたと言うんです」

途端に、牧が顔を上げた。

「うわ言？」

「ええ。意識はほとんどなかったらしいのですが」

「それで、栄楽師匠は何て言ったんです？」

「ただ一言、死神にやられたと」

五

「死神にやられた。師匠はそう言ったんだな」

牧の表情は、いつになく険しいものだった。月の家へん平の顔色がみるみる蒼くなっていく。しっかり者と言われているへん平が、半泣きになった。

月島《つきしま》商店街の先にある寄席、如月亭。広々とした楽屋の隅で、牧、緑、へん平の三人は円《まる》いちゃぶ台を囲んでいた。

へん平が、ちゃぶ台に額をすりつけるようにして、頭を下げた。

「牧さん、何ともえらいことになりました」

関西生まれのへん平は、まだ訛《なま》りが抜けきっていない。

「へん平、おまえさん、さっきから頭下げてばっかりじゃないか」

「すみません」

また頭を下げる。

「朝早くに呼びだしたのは悪かったが、別におまえさんに意見しようっていうんじゃない。昨日の顚末を聞かせてもらいたいだけなんだ」

昨夜、善蔵から「死神」の話を聞いた牧は、ひどく興味をそそられた様子であった。当然、その場でへん平を捕まえ、問い質《ただ》すものと思っていたのだが……。

『帰るぞ』

牧は、さっさと病院を後にしてしまった。

表に出た牧は、物問いたげな緑に、

『師匠たちが居並ぶ前で、問い質すのも気の毒だろう』

そう言ってニヤリと笑った。

平伏するへん平を前に緑は、昨夜牧が言ったことの意味を考えていた。へん平は何をこんなに怯《おび》えているのだろう。もしかして牧は、その理由に気づいているのではないか。

牧は両手を膝に置いたまま、へん平が落ち着くのを待っている。

「すみません、牧さん。俺……」

「気にするなって。師匠が倒れたのは、おまえさんのせいじゃないさ」

「でも……」

「言いだしたのは、栄楽師匠の方だろう？　おまえさんに断れるはずないもんな」

「どういうことです、編集長？」

「へん平は責任を感じてるんだよ。風邪ひきの師匠相手に、一晩中稽古していたことのな」

「何ですって？」

「大方、栄楽師匠が持ちかけたんだろう。へん平、枕許で得意の噺をやってみろ、とか何とか」

へん平がようやく顔を上げた。

「はい、その通りで」

「で、おまえさん、何をやった？」

「『金明竹《きんめいちく》』と『つる』をやりました」

「ふふーん」

聞いている牧の表情が、徐々に緩んでくる。

「サゲまで行ったところで、怒鳴りつけられました」

「そうだろうな」

「そのあと、栄楽師匠がご自分で一席ずつ」

一昨夜、栄楽とへん平は寝ずに落語の稽古をしていたのか。そのために栄楽は風邪をこじらせ、さらに言えば、そのせいで栄楽は昏倒、一時的に意識不明になった。へん平が責任を感じるのももっともだし、そのことを月の家の師匠連中の前でしゃべらせるのも、気の毒ではある。

昨夜の時点で牧は、ある程度の推理を巡らしていたのだろう。栄楽の気性をよく知る牧だ。稽古熱心な弟子に対し、どう振る舞うか予測できたに違いない。

「栄楽師匠も困ったもんだな。自分がまだ若いつもりでいるんだから」

牧は苦笑しながら、へん平を慰めている。

「でも牧さん、俺と稽古さえしなければ、師匠はあんな……」

牧が真顔に返る。

「前座が稽古をして何が悪い。栄楽師匠が誰にでも稽古をつけると思うのか。おまえが稽古熱心だからこそ、栄楽師匠は風邪を押してつき合ってくれたんだ。おまえさんは、噺家として当然のことをした。気に病むことなんかない」

「でも……」

「そう心配するなって。さっき病院に電話してみたが、師匠の意識が戻ったそうだ。しばらく入院することになるが、あの師匠のことだ、すぐに復帰するよ」

それでも、へん平の顔つきは冴えないままだ。自責の念が払拭されるには、しばらくかかりそうであった。

牧はちゃぶ台の上で両手を組みじっとへん平を見ていたが、やがておもむろに口を開いた。

「善蔵師匠から聞いていると思うが、栄楽師匠の一件を調べることになったんだ。昨日のことを、詳しく教えてもらいたい」

へん平は弱々しくうなずいた。

「言いにくいだろうが、勘弁してくれ。おまえさんと栄楽師匠は、何時頃まで稽古をしていた？」

「午前四時頃までです」

消え入りそうな声でへん平が言う。

緑は内心呆れ返っていた。よりによって朝の四時まで……。

「それで、栄楽師匠が高座を休むと決めたのはいつだ？」

「はい、あれは朝の八時頃でしたでしょうか、師匠の寝間を覗きました」

午前四時まで稽古をし、八時には起きていたというのか。驚き、呆れを通り越して感心するしかない。

「そのとき、師匠はもう起きていたのか？」

「はい。俺の顔を見るなり頭が痛いと」

「徹夜で落語を話してりゃ、頭も痛くなるぜ」

牧が苦笑する。

「師匠が熱っぽいとおっしゃったので、熱を測りましたところ、七度五分ほどありました」

「それでも、師匠は高座に出ると頑張っただろう」

「はい。昨日は、新宿と池袋、二軒の寄席をかけ持ちする予定でした。ですが、何とか説得しまして」

「席亭に連絡をしたのは、おまえさんかい？」

「はい、俺です」

「それで、医者は呼んだんだろうな」

牧の鋭い一瞥にへん平が縮こまる。

「すみません。師匠が呼ぶなと怒鳴るもので……」

それ以上栄楽に逆らう度胸が、へん平にあるはずもない。そんな心中を察したのか、牧は穏やかに言う。

「頑固な師匠を持つと苦労するな。続けてくれ」

「常備している薬箱に風邪薬が残っていましたので、それをさし上げました。薬には眠くなる成分が入っていたらしく、そのあとはずっと横になっておいでででした」

「おまえさんは、それからどうしていたんだい」

「しばらくは、家の掃除をしていました。三十分ほどして、一度様子を見に伺ったんです。そのときは、よくお休みになっていました」

「掃除が終わったあとは？」

「ネタ本を読んだり、稽古をさらったり」

「おまえさん、それをどの部屋でやっていた？」

「台所で」

「台所？」

「はい。噺をさらうとき、どうしても声が出ます。師匠を起こしてはまずいと思ったもので、寝間から一番遠い部屋を選びまして……」

「だが、それじゃあ、師匠の方に用があったとき困るだろう。呼んでも聞こえないかもしれん」

「そう思いまして、居間にあった鈴を枕許に置きました」

「ほう？」

「用のあるときは、それを鳴らしていただくことになっていました」

どこまでも気の回る男だ。

「で、結局、鈴は鳴らなかったんだな」

「はい。稽古に一区切りをつけまして様子を見に行ったのが、正午ちょうどでした」

「その時点で、師匠は昏倒していたのか」

へん平の目頭に、じわりと涙が浮かぶ。牧は無視して続けた。

「しかし、風邪薬を飲んで眠っていた師匠が、どうして起き上がろうとしたんだろうな。用事があるなら鈴を鳴らせばいいんだから」

へん平は潤んだ目をしばたたかせ、左右に首を振る。

「判りません」

「おまえさんはすぐに救急車を呼び、師匠を介抱した。師匠がうわ言を言ったというのは、そのときかい？」

へん平の首が、今度は縦に振られる。

「もう一度確認したいんだが、師匠は『死神にやられた』そう言ったんだな」

へん平が二度うなずく。

「聞き間違いじゃないんだな」

今度は深々と一度。

「やれやれ、妙な雲行きになってきやがったな」

牧は顎に手をやり、楽屋の天井に目をやった。

六

富士見台病院の待合室は、外来患者で埋まっていた。昨夜の閑散とした光景が嘘のようだ。ビニール張りのソファは老人たちでいっぱい。通路には赤ん坊を抱いた母親や、マスクをした小学生が立っている。インフルエンザの流行が伝えられる季節、都内の小学校でも学級閉鎖が出ているらしい。

目当ての人物、月の家花助は、廊下奥にある自販機の脇にいた。

顔色は紙のように白く、両目の下には隈《くま》が浮き出ている。頬はげっそりとこけ、昨夜見た高座の花助とはまるで別人だ。

「花助師匠」

牧がそっと声をかけた。

へん平に話を聞いたあと、牧は如月亭の楽屋で花助を待っていた。今日は、花助独演会の最終日。昼前には楽屋入りするだろうと踏んでのことだ。

ところが、正午の時報と同時に、席亭が楽屋へ転がりこんできた。たった今花助から電話があり、今日の独演会を中止してくれとの申し入れがあったという。

牧は何も言わず如月亭を飛びだすと、すぐにタクシーを止めた。緑が追いつくのを待ち、運転手に告げた行き先は、富士見台病院。

果たして、花助はそこにいた。

「花助師匠」

牧は再度、呼びかけた。聞こえていないはずはない。だが、花助は顔を上げようともしない。顎の先に、うっすらと鬚が伸びていた。

「栄楽師匠は、いかがで?」

花助のトロンとした目が、牧を捉えた。ガラス玉のような目。かすれた声が、ぼそりと漏れた。

「検査を受けています」

「意識は戻ったんでしょう?」

「そう聞いていますが、まだ面会させてくれないんです」

「花助師匠、昨夜からずっとここに?」

花助が栄楽昏倒の知らせを聞いたのは、独演会の高座が終わってから。病院に駆けつけたときには、午後十時を回っていたという。緑たちとは、ちょうど入れ違いになったのだ。

「当然です。師匠と会うまで、私は帰りません」

「花助師匠、それは無理だ。面会の許可が出るまで、まだしばらく……」

「それまで、高座に上がるつもりはありません。私は断じてここを動きません」

花助は牧よりも、ほんの少し背が高い。牧をわずかに見下ろす両の目が、狂気じみた光を宿していた。

だが牧は、そんな花助を軽くいなしてしまった。

「どうぞ、ご勝手に」

牧の口許には笑みすら浮かんでいる。

「だがね、高座に穴をあけたことが栄楽師匠に知れたら、あんた破門されるよ」

そう言い置くと、牧は花助に背を向けた。緑も慌てて、後に従う。

待合室を出るとき、緑はそっと振り向いた。

花助は同じ姿勢を保ったまま、白い廊下の壁を見つめていた。


「編集長、これからどうするんです？」

病院を出た牧は、早足で歩いていく。緑は小走りになって追いかけた。

「編集長！」

牧がぴたりと歩みを止めた。緑を待っているのではない。通りかかったタクシーを止めたのだ。ぐずぐずしていると、本当に置いていかれそうだ。緑は頭から飛びこむようにして、タクシーに乗った。

「歩くときはもう少しゆっくりお願いします」

だが牧の耳に、緑の愚痴は届いていないようであった。牧は正面を向いたまま、運転手に声をかける。

牧が告げた行き先は、栄楽の自宅だった。


栄楽の家には、善蔵が留守番をしていた。牧の突然の来訪に驚きを隠しきれないでいる。

「牧さん、どうしてここへ？」

「ちょっと、栄楽師匠の寝間を見せていただけませんか」

玄関口で善蔵に頭を下げる。

「寝間を？」

きょとんとした顔で、善蔵は言った。牧と話をしている間も、電話の鳴る音が聞こえる。栄楽の入院に、花助の独演会中止。問い合わせが相次いでいるものとみえる。

善蔵は、苦笑した。

「朝から鳴りっぱなしでして。栄楽師匠の件はともかく、花助のことは……」

独演会に穴をあけたとなれば、花助の信用は地に堕ちるだろう。師匠の入院など言い訳にならない。それくらい厳しい世界なのだ。

「花助に何があったのか、私にも判らない。だが、何とかしてやりたくてね。それで、ここへ来たわけなんですが」

善蔵の許しを得て、牧は主人のいない寝間に上がりこんだ。家具のほとんどない部屋の真ん中に、布団がのべられている。栄楽がいないことを除けば、前回来たときと変わりはない。

牧は両目を細めて、部屋の様子を見渡した。

「栄楽師匠は、窓の方を向いて寝ていたな」

牧がようやく口を開いた。

「はい。通行人を眺めているっておっしゃってました」

牧はくるりと体の向きを変え、日の降り注ぐ庭に目を移した。

背の低い垣根越しに、向かいの家の塀が見える。前回来たときは空家だったが、その後、人が入ったらしい。二階の窓にカーテンがかかっている。

牧は枕許に立ち、じっと庭を見ている。

「鈴は師匠の枕許にあった……」

これは独り言のようだ。緑は、顎に手をやり黙考する牧を見守った。

「栄楽師匠は熱のせいで足許がふらついていた。それなのに、どうしてへん平を呼ばなかったのか。なぜ、鈴を鳴らさなかったのか」

その疑問については、緑も色々と考えてみた。可能性はいくつもある。意地っ張りの栄楽師匠のことだ。わざと鈴を鳴らさないことだって考えられる。稽古に夢中だったあまり、へん平が鈴の音を聞き落としたかもしれない。だが、どれも「可能性」の範囲で、これだという決め手に欠ける。

さらに、鈴とは別に大きな問題が残されている。

『死神にやられた……』

朦朧とした意識の中、栄楽がつぶやいた言葉。「死神」とはいったい何なのか。

ふと、緑の脳裏に閃いたものがあった。栄楽師匠が倒れたとき、花助が高座で演じていた噺、それが「死神」……。

「おいしいおいしい、お芋ですよー」

突然響き渡ったアナウンスが、まとまりかけていた考えを打ち砕いた。表の通りを、軽トラックがゆっくりと走っていく。

垣根越しに、「焼き芋」と書いた提灯《ちょうちん》が見えた。運転席には、欠伸《あくび》をしている中年の男。アナウンスはテープで流しているだけらしい。

「おいしいおいしい、お芋ですよー」

耳を塞ぎたくなるボリュームだ。緑は顔を顰めながら、牧の方を見た。牧は、何かに取り憑かれでもしたかのように、風に揺れる焼き芋提灯を睨んでいる。

「編集長、どうしたんです？　お芋、食べたいんですか？」

そんな緑を突き飛ばすようにして、牧が廊下へ飛びだした。

「おや牧さん、どうしました……うひゃあ」

茶を運んできた善蔵と、玄関前で鉢合わせ。善蔵は、手にしていた盆をひっくり返した。

牧は、振り向きもしないで靴を履くと、外に出ていった。

頭から茶をかぶり、呆然としている善蔵を介抱すべきか、牧を追うべきか。

「善蔵師匠、ごめんなさい」

緑は善蔵に頭を下げると、表に駆けだした。

「編集長！」

慌てて門を出た緑であったが、牧の背中はすぐ目の前にあった。

「編集長……何してるんですか？」

「見て判らないか」

牧は向かいの家のインターホンを押していた。

先日までは空家だった、新築の家。門柱に「加藤」と表札がかかっている。

「はい」

鈴を転がすような声がして、玄関が開いた。ふっくらとした女性の顔が覗く。歳は三十前後といったところか。薄いピンクのセーターにジーンズ。袖をまくり上げているのは、洗い物をしていたからだろう。

「何か？」

「お忙しいところすみません。私、向かいの家の者なんですが」

女性の表情が曇った。

「栄楽さん、大丈夫なんですか？」

栄楽が昏倒したことを知っているらしい。牧の眉がぴくりと動いた。

「おかげさまで、意識は回復しました。しばらく入院することになりそうですが」

「びっくりしましたわ。引っ越しの最中に救急車が入ってきたものですから」

「引っ越しの最中？」

「ええ。私たち、昨日越してきたばかりなんですよ」

牧の口許に微かな笑みが浮かんだのを、緑は見逃さなかった。牧は何かを摑んだのだ。

「そうですか。それは、ご迷惑をおかけしました」

「いいえ、そんなこと。でも、意識が戻られて本当によかったわ」

「つかぬことを伺いますが、お引っ越しはどこの業者に依頼されたので？」

「は？」

「引っ越しです。どの業者に頼まれたんです？」

加藤さんは目をぱちくりさせ、牧を見ている。

「実は、私も近々引っ越しを考えているんです。業者をどこにしようか、考え倦《あぐ》ねておりまして」

「私たちがお願いしたのは、宝船《たからぶね》引越センターですけど……」

「宝船引越センターですね」

そう言い残して、牧は道を渡り、栄楽の家の中へと消えていく。

呆気に取られている加藤さん。もの問いたげな目が、緑に向けられる。

「あ、ど、どうも、ありがとうございました」

何をきかれても、緑には答えようがない。慌てて頭を下げ、緑は牧の後を追った。

栄楽の家では、牧が電話をかけていた。傍には、首を傾げている善蔵がいる。

「はい。富士見台の配送センターにいらっしゃるんですね。判りました」

牧は受話器を置く。

「あの、編集長……？」

「ぐずぐずしていられないぞ」

緑に向けての言葉だったのか、それともただの独り言か。牧は再び靴を履くと、三和土《たたき》にいた緑の脇をすり抜けていった。

「緑さん、いったい全体どうなってるんです？」

善蔵が廊下に坐りこみながら言った。

「さあ。行き先は、編集長にきいてください」

まるで「素人鰻《しろうとうなぎ》」だ。そんなことを思いつつ、緑も靴を履き直した。

牧は少し先の道を小走りに進んでいく。

「編集長」

牧は振り向きもしない。時刻は午後三時を回ったばかり。いったい、何をそんなに焦っているのだろう。調べごとを始めると、周囲に目がいかなくなる牧ではある。だが、今回は度を超している。

牧は路地を右に折れ、ずんずん進んでいく。小さな十字路を渡り、坂を上りきったところに、宝船引越センターがあった。一区画をまるまる占領している広大な敷地。奥には倉庫が二棟あり、右手の駐車スペースには、宝船のマークをつけた大型トラックが何台も駐まっている。

牧は一番手前にあるプレハブの建物に入っていった。そこが事務室になっているらしい。殺風景な室内には、事務机が六つ。周囲はキャビネットで囲まれている。蛍光灯の明かりの下、男がパソコンに向かっている。緑たちの姿を見ると、腰を上げた。

紺色のトレーナーにグレーのジャージ。トレーナーの胸の部分には宝船のマークが入っている。

「何か？」

「草野《くさの》さんにお会いしたいんですが」

牧が言った。

「草野？　ああ、さっき電話をくれた人ね。草野なら、裏にいるよ。一服してるんだと思う。ここ、禁煙でね」

牧と緑は、プレハブの裏手へと回った。つんと煙草の臭いがする。プレハブの壁とブロック塀に囲まれた暗い場所に、男が立っていた。

先の男と同じ服装をしている。牧がそっと声をかけた。

「草野圭介さん？」

男がぎょっとして顔を上げる。その顔を見て、緑は息を呑んだ。

先日、寄席で見た笑わない男。高座の花助を睨みつけていたあの男に、間違いなかった。

「編集長、この人……」

「ちょっと話があるんだ、草野さん。いや、月の家花朝と言った方がいいのかな」

七

「どうして判ったんだ？　俺がここにいるって」

煙草に火をつけながら、草野は言った。

配送センターの先にある小さな喫茶店。窓際の席に、三人は腰を下ろしていた。牧と草野が向かい合い、緑は牧の横で小さくなっている。

「そんなことはどうでもいい」

牧の顔つきは硬い。目を細め、やや上目遣いに草野を睨んでいる。

「お忘れですか？『季刊落語』の牧ですよ、花朝師匠」

「止めてくれ。花朝はとっくに捨てた名前だ」

「栄楽師匠の見舞いには行ったんですか？」

牧が話を転じる。

「捨てた道とはいえ、一度は師と仰いだ人でしょう」

「俺には関係ない」

「関係ないなんて、よく言えるな。師匠が昏倒したのは、おまえさんのせいでもあるんだ」

「な、何だって？」

草野が身を乗りだした。卓上のコップがカチンと音を立てる。

「勝手なことを言うな。どうして、俺が師匠を……」

「死神にやられた。救急車で運ばれる前、栄楽師匠はこう言ってるんだ。おまえさんに、思い当たることがないとは言わせないぞ」

草野の顔色が変わった。テーブルの端を摑む両手が微かに震えている。

「師匠が、そんなことを……」

「あんなことになるなんて、おまえさんも考えていなかっただろう。だが、あんたのつまらんプライドのために、師匠は怪我をしたんだ」

草野はコップの水を一息に飲み干した。口を開きかけたものの、返す言葉が見つからないようだ。

「栄楽師匠のところを飛びだして、三年だ。今の自分を見せる勇気がなくて、あんなことをやったんだろうが」

「それは……」

牧の言葉はことごとく図星らしい。

「あんたがこの三年何をしてきたのか、俺には興味がない。栄楽師匠との一件にしても、あんたが自分でケリをつけるべきことさ。だがな、栄楽師匠とあんたの間に立って、ひどく苦しんでいる男がいる。俺は、そいつが哀れでならないんだよ」

月の家花助。その名前が、頭に浮かんだ。花朝と花助は、七年もの間兄弟弟子の間柄だった。それにしても、今回の一件に花助がどう絡んでいるのだろうか。

「そいつは、富士見台病院にいる。夜の高座をすっぽかすつもりでな」

牧が草野に顔を近づける。

「そんなことをしたら、やつはおしまいだ。助けてやってくれないか」

草野の両肩が、電気でも帯びたかのように震えた。

牧はそれきり口をつぐみ、じっと草野を見つめている。緑は腕時計に目を走らせた。午後四時。独演会の開演まであと三時間。

「富士見台病院、花助はそこにいるんですね」

草野が立ち上がったのは、それから五分ほどしてからのことだった。


待合室に駆けこんだ草野は、すぐに花助を見つけたらしい。先と同じ場所、同じ姿勢で立つ花助。まるでそこだけ時が静止しているかのようだ。

「花助」

草野の声に、花助がはっと頭を上げた。

「兄《あに》さん！　それに牧さんたちも……」

「花助、牧さんはすべてお見通しのようだ。昨日、俺たちが何をしたのかもな」

花助の目が見開かれる。充血した目が、何とも痛々しい。

牧はベレー帽を取り、花助に向かって言った。

「向かいの家で引っ越しの話を聞いたとき、ピンときたのさ。運がよかったんだな」

そう言われても、緑の頭の中はまだ混乱している。引っ越しの話と花朝。さらには、栄楽の残した「死神」という言葉。それぞれの事柄が、どう結びつくのか。このままでは「三題噺」にもならない。

五里霧中の状態は、花助たちも同じらしい。

「牧さん、あんたいったい……？」

「落語の『死神』、緑君も聴いたことがあるだろう」

「はい。有名な噺ですから」

突然話を向けられ、声が上ずった。耳のあたりがかっと熱くなる。牧は緑、草野、花助の順に目を移しながら、

「それなら当然、サゲも知っているな」

無一文になった男は再起をかけて、また医者を始める。ところが、死神はいつも病人の枕許に。間の悪い時というのは、どうしようもない。貯えは、完全に底をついてしまう。

困り果てた男は一計を案じる。死神が枕許に坐る病人のところへ赴き、病人の寝ている布団を回転させるのだ。足許にいる死神ならば、呪文で追い払うことができる。

こうして、男は医者としての名声を回復する。

ところがある日、かつて医者になれと勧めた死神が男の前に現れる。男が連れていかれたのは、何千本という蠟燭《ろうそく》の点《とも》る洞窟。

点っている蠟燭は「寿命蠟」といい、人間の寿命を表しているという。その中でも、ひときわ短く、今にも燃え尽きてしまいそうな蠟燭がある。

「これが、おまえの寿命だ」

「え？　だって、これは……」

「死神を騙そうなんて馬鹿な料簡《りょうけん》を起こすからだ。おまえはもうじき、死ぬ」

助けてくれと懇願する男。死神はニヤリと笑って、新しい蠟燭を手渡す。

「これに火を継ぎ足すことができれば、寿命は延びる」

火を移そうとする男だが、手が震えてうまくいかない。汗が目に滴る。

「そら、消える、消えるぞ」

「う、うるせえ。俺は死にたくねえんだ。消してたまるか。この蠟燭に……。あ、駄目だ、消える……」

初めてこのサゲを聴いたとき、緑は思わず身震いした。滑稽な噺であった「死神」が、怪談噺に転じる瞬間だ。

「死神」のサゲは、その後も様々なバリエーションが考案され、中には主人公が死なない陽気なものまである。

だが栄楽がつぶやいた「死神」とは、いったい何のことなのか。牧はニヤリと笑みを浮かべ、緑にきいてきた。

「栄楽師匠の枕許には鈴が置いてあった。しかし、師匠は鈴を使わず、無理に起き上がろうとして昏倒した。なぜだと思う？」

枕許の鈴。その言葉がヒントになる気がした。栄楽が鈴を鳴らさなかった理由。

「鳴らさなかったのではなくて、鳴らせなかった？」

「その通り。師匠は鈴を鳴らすことができなかった。なぜなら……」

緑の脳裏に閃いたものがあった。

「なぜなら、鈴は枕許になかったから」

「死神」の意味が摑めたような気がした。

「栄楽師匠が鳴らそうとしたとき、鈴は枕許ではなく足許にあったんじゃないですか？」

「そうだ。そいつが、死神の正体さ。風邪薬で朦朧としている師匠の布団を、何者かが動かした」

「入れ替えたんですね。頭と足の向きを」

「死神」で男がやったこととまったく同じだ。

「状況はこんな風だったんだろう。入れ替えが済んでしばらくしてから、栄楽師匠は目を覚ました。そしてへん平を呼ぼうと鈴を捜した。ところが、枕許にあったはずの鈴がない」

ぼんやりとした意識の中、栄楽は自分の体が半回転していることに気づかなかったのだろう。

「鈴を捜し、無理に立ち上がろうとした栄楽師匠は、バランスを崩してちゃぶ台の角に頭をぶつけた」

発見したへん平が、もう少し落ち着いて室内を見回していれば、かけ布団や枕の位置がおかしいことに気づいたかもしれない。

「救急隊員が担架を持ってやって来れば、布団なんてめちゃくちゃになっちまう。栄楽師匠が『死神』と言い残してくれなければ、俺にだって判らなかったさ」

「でも編集長、布団の向きを変えた動機はいったい何なんです？」

そんなことをして、何になるのだ。まさか、初めから栄楽の昏倒を狙っていたとも思えない。

牧は壁際で身を硬くしている二人を見つめ、

「栄楽師匠はいつも、部屋の奥に頭を向けて寝ていた。緑君、それは何のためだった？」

「表を通る人の観察です。垣根が低いことを利用して」

垣根越しの風景。栄楽を見舞った日、緑もその風景を見た。時折通りかかる人の顔、そして真新しい向かいの家。

「編集長、まさか……」

「栄楽師匠が倒れた当日、向かいの家が引っ越してきた。風邪で一日寝ていることになった栄楽師匠は、当然、その作業を窓からのんびり眺めることになる」

「布団を移動させた犯人は、引っ越しを見せたくなくてあんなことを？」

「より具体的に言えば、引っ越し屋として働く一人の男を、見せたくなかったんだ」

口を真一文字に結んだ草野が、小さく首を振った。

「それがあんただ。草野圭介さん」

かつて自分の才能に溺れ、栄楽の許を去った月の家花朝。

「大見得切って落語界を飛びだしたものの、世間様はそんなに甘くなかったってわけだ。三年が経ち、弟弟子の花助が真を打った。それにひきかえ、自分は引っ越し屋の手伝いをやっている。そんな姿を、栄楽師匠には絶対に見られたくないだろうな」

あんたのつまらんプライドのために。牧は草野にそう言った。孤高を気取る草野のプライドの高さが、いつまでも栄楽を苦しめる。その現実を見据えるよう、牧は草野に迫ったのだ。

「でも、編集長」

緑は牧と草野の間に割りこんだ。

「草野さんに、布団が動かせたはずはありません。布団が動かされたとき、草野さんは配送センターに……」

「さっきも言ったろう。これは、草野と栄楽師匠だけの問題じゃないんだ。二人の間にもう一人、挟んじまっているからな」

牧、緑、そして草野。三人の視線が花助に集まった。

「布団を動かしたのは、花助師匠……」

「草野さん、加藤家の担当を命じられて、あんたは焦っただろうな。栄楽師匠の屋敷には何度も通ったあんただ。住所を聞いただけでピンときたはずさ」

栄楽邸の垣根は低い。働く姿を、いつ見られるか知れない。

今の自分の姿を、栄楽に見られる。それだけは、どうしても我慢できなかった。

「そんな経緯で、あんたは花助に相談を持ちかけた。兄弟弟子で、結構ウマが合っていたらしいからな」

花助なら、栄楽の行動も把握している。

「栄楽師匠のスケジュールを聞いて、あんたも一度はほっとしただろう。その日、栄楽師匠は寄席のかけ持ちで、一日中家を留守にする。顔を合わせる心配はなくなったわけだ」

ところが、当日の朝になって、栄楽は風邪のため、すべての予定をキャンセルした。

「その知らせを聞いた花助師匠は焦った。寝床から向かいの家は丸見えだ。そこで働く人間は、嫌でも目につく」

花助は壁際にぴたりと身を寄せ、怯えた目で牧を見ている。

「花助師匠、あんたはすぐ栄楽邸に向かったんだろう。何とか師匠の目を誤魔化そうと思ってな。家にいるへん平にも内緒で、そっと忍びこんだんだ。そして、薬のせいでうつらうつらしている栄楽師匠を見つけた」

へん平は、台所で独り稽古をしていたと証言している。気づかれずに入ることは、容易であっただろう。

花助はその場で、色々な手を考えたに違いない。口実をもうけ、部屋を移動してもらう。自分が話し相手となり、栄楽の目を外に向けないようにする……。

「考え倦ねた挙句、あんたが取ったのは、一か八かの行動だった」

布団のひっくり返し。

「窓を背にしてしまえば、万一目が覚めても表は見えない。引っ越しそのものは数時間で済むはずだから、何とか誤魔化せるのではないか。あんたはそう考えたんだろう」

布団の端を持ち、静かに回転させる花助。栄楽は細身である。一人でも簡単に実行できただろう。

「だが、あんたは、枕許の鈴には気づかなかった。そのまま栄楽の家を出て、如月亭へ向かったんだ」

奇《く》しくも、その夜の演し物は「死神」であった。

「栄楽師匠昏倒の知らせを聞いて、一番驚いたのはあんただったろうな、花助師匠。事情を詳しく聞けば、怪我の責任が自分自身にあることも判ったはずだ。すぐにでも師匠の許に駆けつけ、本当のことを言いたかっただろう。だが」

牧は言葉を切り、険しい表情で立ち尽くしている草野に目をやった。

「花助師匠には、そうすることができなかった。真相を告白することは、兄弟子である花朝を裏切ることになるからな」

板挟みになり、花助は自分を追い詰めていった……。待合室の片隅で呆然と佇む花助。とても高座に上がれる精神状態ではなかっただろう。

牧は掌を組み合わせ、ぼそりとつぶやいた。

「さて、開演まであと二時間ほど。草野、いや、花朝師匠、あんた、どうするつもりだ？」

「ちょっと、困ります」

行く手を塞ごうとする看護師を押し退け、草野は廊下を歩いていった。花助の右手首をしっかりと摑み、半ば引きずるようにして進む。

「兄《あに》さん、離してください」

花助が悲鳴をあげるが、草野は振り向きもしない。

「編集長、いいんですか？」

牧はそんな二人の様子を、少し離れたところから眺めている。

「あれじゃあ、花助師匠……」

「手をだすな。大丈夫だよ」

草野の足がぴたりと止まった。廊下の突き当たり、月の家栄楽の病室の前だ。草野はノックもせず、扉を開けた。部屋の中から、看護師の怒鳴り声が聞こえてくる。

「何ですか、あなたがた？」

草野は顔色一つ変えず、中に入る。戸口でもたついていた花助も、無理矢理ひっぱりこまれていった。

「花助師匠」

走りだそうとした緑を、牧が止めた。

「大丈夫だって」

牧は病室の前まで行き、ひょいと中を覗きこんだ。緑もすかさず続く。

草野と花助の背中、その向こうに、水色の検査着を着た栄楽が見えた。傍らには、血圧計を持ったまま目を見開いている看護師。

「師匠、そんなわけです。今回のことは、すべてこの草野の責任です」

草野が、栄楽に向かって頭を下げる。花助は、その横でうつむいているだけだ。

「おい、花助」

栄楽の声が聞こえた。花助の背中に隠れてその表情までは窺えない。緑はそっと体を横にずらした。

「おまえ、高座はどうしたんだ」

栄楽の顔が見えた。頭に巻かれた包帯が痛々しい。だが、顔色はいいようだ。

「おい、花助、答えんか。高座はどうした」

顔色がいいのではない。栄楽は怒っているのだ。怒って、頬が染まっているのだ。

「師匠、花助は……」

「黙れ」

口を挟んだ草野を一喝し、栄楽はなおも花助を睨んでいる。

「花助！」

「も、申し訳ありません。今は、とても噺のできる気分では……」

「バカタレ」

栄楽の手がすばやく動いた。汚れたガーゼを入れるステンレスの皿。それを花助めがけて投げつけたのだ。皿は草野の頰をかすめ、花助の額に命中した。

「たかがこれしきのことで、高座をぬくとは何ごとか！」

栄楽師匠の怒鳴り声を、花助は聞いていなかったろう。大きなコブを作り、床に伸びていたから。

八

「何だかんだで、一週間も泊められた。ようやく口うるさい医者どもから解放される」

病院を出た栄楽が、ちらりと振り返って言った。待合室は、今日も人でいっぱいだ。

「看護師さんたち、嘆いてましたよ。あんな頑固な患者さんは初めてだって」

栄楽の横を歩きつつ、緑は言った。背筋をぴんと伸ばし、早足で歩く栄楽の姿は、とても病み上がりには見えない。緑が用意してきた杖も、使わずに済みそうだった。

「まったく、歳は取りたくない。これからも、週に一度は通院しろと念を押された」

「仕方ないですよ。高座を続けるためですから」

「緑さん、あんた、物言いが牧に似てきたな」

「え?」

「牧もいい弟子を見つけたもんだ」

「そ、そんな。変なこと言わないでください」

栄楽はからからと笑いながら、タクシー乗り場へ向かう。

時間が早いせいか、タクシー待ちをしている人影はなかった。「乗り場」と書かれたポールの横には、ベレー帽をかぶった男が一人。

「師匠、退院おめでとうございます」

「牧さんか、心配かけたな」

「花助師匠が心配されていました。出迎えを禁じられたとか」

「当たり前さ。ワシの出迎えなんぞしている暇があったら稽古をしろ、と怒鳴りつけてやった」

「花助師匠の芸は本物だ。あの人は大きくなりますよ」

月の家花助独演会最終日は、定刻より五分ほど遅れてスタートした。前座の噺が終わり、いよいよ花助の登場。その顔を見て、観客はみな吹きだした。額に大きなコブ。それに×印の絆創膏を貼っているのだ。そこで演じたのが「強情灸《きゆう》」に「蒟蒻《こんにやく》問答」。両方とも表情の滑稽さで笑いを取る噺だ。観客は大喜び。花助の顔に曇りはなかった。

「それにしても牧さん、今回の件では随分と迷惑をかけたなぁ」

タクシーの後部座席に乗りこみ、栄楽は言った。牧は助手席に、緑は栄楽の隣に坐る。上石神井の栄楽邸に向け、車が走りだした。

「なあに、気になさることはありませんよ」

牧は前を向いたまま言った。ベレー帽は膝に置いている。栄楽は牧の後頭部に目をやりながら、小さくため息をついた。

「ワシが、間違っていたのかもしれねえな」

「何のことです？」

「花朝のことさ。牧さん、あんた今、花助の芸を本物だと言ったな。どうしてそう思ったか、一つ聞かせてくれないか」

「どうしてって言われてもねぇ。まあ、一種の勘みたいなもんですか」

「勘。そうだ、そいつだよ。ワシにはそういう勘が具《そな》わってないのかねえ」

「やつの噺を初めて聴いたときに思ったね。こいつは本物だって」

「花朝の芸のことですか」

栄楽は苦笑する。

「だが、うまくいかないもんだなあ。結局は喧嘩別れだ。最近になってよく思うんだよ。もしかしたら、間違ってたのは、自分の方じゃないかって。あのとき、少しは花朝の言うことを聞いてやっていれば……」

「違った結果になっていたと?」

「そうじゃないかと思ってな」

「師匠、そのことについては……」

「判ってるよ、言わない約束だったな。だが、この歳になると、どうしても考えてしまうのさ。花助と花朝の競演ってやつをな」

二人の会話はそこで打ち止めとなった。栄楽はどこか寂しげな目で、流れ去る景色を見つめている。

草野圭介こと、月の家花朝。あの日、病院を出ていった草野は、それきり姿を見せていない。

緑は花助の高座のたび、それとなく客席を捜してみた。だが、笑わない男の姿は一度も見つけられなかった。

留守番のいない栄楽邸は、ひっそりと静まり返っていた。

タクシーを降りた栄楽は、ゆっくりとした足取りで玄関に入る。一人では危ないかもしれない。緑が手をだそうとしたとき、インターホンが鳴った。

靴を脱ごうとかがみこんだ、栄楽の動きが止まる。緑は牧と顔を見合わせ、閉めたばかりの玄関に手をかけた。

扉の向こうに人影はない。ふと気配を感じ視線を下げた緑は、思わず声をあげて飛び退いた。

男が土下座しているのだ。顔は伏せているが、誰であるかは一目瞭然だった。

「栄楽師匠、私を弟子にしてください」

草野はそう言ったまま、ただただ平伏している。口を利く者は誰もいない。ぴんと張り詰めた空気が、全員を金縛りにしてしまったかのようだ。

どのくらい向き合っていただろうか。最初に口を開いたのは、栄楽だった。

「馬鹿野郎、どの面下げて来やがった」

脱いだばかりの革靴を、草野めがけて放り投げる。靴は平伏する草野の上を通り過ぎ、門柱に当たって落ちた。

「帰れ！」

栄楽の怒鳴り声に、草野がむくりと起き上がった。脚を崩し、胡坐をかく。

「弟子にしていただくまで、ここを動きません」

「ふん、勝手にしろ」

栄楽はそう言って、扉をぴしゃりと閉めた。

式台に腰を下ろし、大きくため息をつく。

「牧さん、花朝が戻ってきたよ」

牧も並んで腰を下ろした。

「弟子入りですか。なかなかやりますな、花朝師匠も」

「意地の張り合いも、ここまでくれば立派なもんよ」

「入れてあげないんですか」

「ふん、そう簡単に弟子入りを認めてたまるか。三日くらいは、あそこで辛抱させてやる」

栄楽は満面に笑みを浮かべ、洟《はな》をすすりあげた。

無口な噺家

一

「この鯛の浜焼き、実に美味じゃ。代わりを持て」

松《まつ》の家伸喬《やしんきょう》が扇子を手に、ぐっと顎を突きだした。短く刈りこんだ頭に太い眉。ぎょろりとした目を客席に向けながら、軽快なテンポで噺を進めていく。

演目は「桜鯛《さくらだい》」。殿様と家来のやりとりだけで進む小ネタである。普段はあまり召し上がらぬ鯛の浜焼きを、どうしたわけかさるお大名が食事をしている。二箸三箸おつけになると、お代わりを命ぜられた。

気に入られたご様子。

「我々と違いましてお殿様ですからな。身をほじくりだして、骨までしゃぶる……そんな真似はなさいません。一口お食べになっただけで、すぐにお代わりでございます」

簡単なくすぐりを入れると、伸喬は噺に戻る。

「どうした？　早う代わりを持て」

普段が普段であるだけに、お代わりは用意していなかった。家来は一計を案じ、

「恐れながら、お庭に植えましたる桜、ただいま満開の風情。まことに見事なものにございます」

「左様か」

殿様が桜に目を移した瞬間、家来は鯛をクルリとひっくり返す。

「代わりを持参いたしました」

「左様か」

また二箸ほどおつけになり、

「代わりを持て」

さあ困った。今度はひっくり返すことはできない。弱り果てた家来を前に殿様は、

「いかがいたした。ふむ、もう一度、桜を見ようか」

温かな笑いに包まれ、仲喬は頭を下げる。

仲喬の姿が袖に消えると、間宮緑は会場を見渡した。客は七分の入り。後部席はがらがらである。

場内のざわめきがまだ収まらないうちに、次の出囃子《でばやし》「紅梅《べにうめ》」が始まった。今夜のトリ、松の家文三《ぶんぞう》の出番である。

おむすび形をした愛嬌のある顔。白い歯を覗かせながら、文三が座布団に坐る。

「旅のお噺を聴いていただきます」

演目は「宿屋仇《やどやがたき》」。

とある宿屋にやって来た一人の侍。宿屋の奉公人伊八《いはち》に金をやり、静かな部屋に案内して

くれと頼む。

「身共《みども》は名を萬事世話九郎《ばんじせわくろう》と申す者。その方《ほう》に銀一朱つかわすのは余の儀でない。さる御城下において、間狭《ませま》なる宿に泊まり合わせしところ、何が、雑魚《ざこ》も盲象も一つに寝かしおった。巡礼が御詠歌《ごえいか》をあげるやら、六部《ろくぶ》が経《きょう》を読むやら、駆け落ち者がイチャイチャ申すやら、夜通し身共を一目も寝かしおらなんだ。今宵は間狭にても良い、静かな部屋へ案内《あない》してくれ」

丸い顔を上下左右に振り、身ぶり手ぶりを交えての熱演である。

「そのすぐ後にやって参りましたのが、若い三人連れ」

どういう手違いか、彼らを侍の隣の部屋に入れてしまう。

日が暮れるのを待つまでもなく、三人は芸者を呼んでどんちゃん騒ぎ。その音にたまりかねた隣の侍が、伊八を呼びつける。

「この分では定めし、今宵も寝かしおるまい。早々に静かな部屋へ取り替えてくれ」

ところが、道者《どうしゃ》の団体が泊まっているため満室。伊八は三人の部屋へ行き、騒ぎを静めることとなる。

文三はでっぷりと太った体を小さく丸め、恐る恐る廊下を歩く伊八を表現する。

「申し訳ございません。もう少しお静かにお願いしたいので……」

「何だと？　お静かに？　おい伊八。この場の様子を見て物を言え。若い男が三人に芸者が三人。酒肴はたっぷり揃ってる。これでお静かにできるかできないか考えてみろ」

激怒する三人組だが、隣の客が侍であることを知り、意気銷沈。芸者を帰し、布団を敷いて寝てしまう。

人物を巧みに演じ分ける文三の高座は完璧だった。観客に楽しんでもらおうという気迫が、その体全体から感じられる。

「あの相撲取り、体は小さいがなかなか取り口がいい」

布団に寝転びながら、三人は好きな相撲の話を始めた。好きな者同士、会話にも力が入る。そのうち、本当に相撲を取り始めたからたまらない。

「はっけよーい、のこった」

再び伊八を呼ぶ侍。

「この分では定めし、今宵も寝かしおるまい。早々に静かな部屋へ取り替えてくれ」

再び三人の部屋へと向かう伊八。その顔を見て、三人は侍のことを思いだす。

「相撲はどうしても力が入る。力の入らない話をしよう」

「力の入らん話って何だ?」

「決まってる。女の話」

言いだした源兵衛《げんべえ》が、声を潜めて語り始める。

「今から八年ほど前、親父をしくじって伯父貴のところに行ってたことがあっただろう」

伯父の商売が小間物屋。源兵衛はその手伝いをする羽目に。ある日、風邪をひいた伯父に代わり、一人で出かけた源兵衛。さる藩の重役、小柳彦九郎《こやなぎひこくろう》の屋敷を訪れる。

「声をかけたが、屋敷の中はしーんとしている。留守なのかと帰ろうとしたとき、さやさやさやと衣《きぬ》ずれの音。出てきたのが、ここの奥方だ」

背中をさらに丸め、声を落とす文三。おかしさの中にも凄みが漂う。

「奥方が言うのには、旦那殿は留守、女中どもは皆、宿下がり。わらわ一人が徒然《とぜん》の折、そなたに誂《あつら》えのしたいものがある」

奥座敷に通され、酒肴が運ばれる。この奥方、屋敷にやって来た源兵衛に一目惚れ。密かにこういう機会を窺っていたというのだ。

畏《おそ》れ多いと思いながらも盃を受ける源兵衛。そこへ飛びこんできたのが、彦九郎の弟大蔵《たいぞう》。

「やっ姉上にはみだら千万。不義の相手は小間物屋。そこを動くな」

刀を抜いて斬りかかってくる。逃げようと庭に飛び下りた源兵衛。追う大蔵も廊下へと駆けだした。ところが拭きこんであった廊下に大蔵の足袋《たび》が滑る。取り落とした刀は源兵衛の目の前へ。

「その刀を取り上げるなり……ぐさっ」

目を見開き、凄みを利かせる文三。人を殺《あや》めた凄惨さが、じわじわと伝わってくる。

緑は感心するばかりだ。

「宿屋仇」は上方《かみがた》でもよく演じられる旅噺の一つである。登場人物が多く、滑稽味あふれる賑やかな噺だ。滑稽噺を得意とする文三にとって、十八番とも言うべき演目であった。

実際、侍、若い衆三人、奉公人伊八と立場の違う人物を演じ分け、噺に立体的なめりはりをつけている。

「奥方は真っ青。もう屋敷にはおられん。ここに五十両の金子《きんす》がある。わらわを連れていずれへなと落ちてたも、ときた。よろしゅうございます、と一度はうなずいた俺だったが、裏木戸の前に奥方を連れていき、後ろからばっさり」

足手纏いになるだけ、と非情なそぶりをする源兵衛。

「人を二人殺して、五十両の金を盗んで未だに捕まらん。どうだ、どうせやるなら、このくらいの色事をやってみろ」

残る二人は驚いて飛び上がる。

「源さんは色事師だなあ。よ、色事師の源さん、色事師の源さん」

節をつけて歌いだした。文三の声は、元の陽気な調子に戻っている。

そのとき、遠く救急車のサイレンが聞こえてきた。ピーポーピーポーという聞き慣れた音が少しずつ近づく。

落語に集中していた緑の意識は、一気に冷めてしまった。

何なのよ、もう……。

緑はがっくりと肩を落とした。せっかくの高座が台なしだ。

だが、他の客たちは、別段気にする風もなく文三の高座に聴き入っている。

「伊八ぃー、伊八ぃー」

三たび侍の声がかかった。やって来た伊八に侍は声を潜めて言う。

「泊まりの節、その方《ほう》に萬事世話九郎と申したな。あれは世を忍ぶ仮の名じゃ。真は小柳彦九郎と申す。八年以前、国許において妻、弟が人手にかかり、逆縁ながらと諸々方々を経《へ》めぐるうち、伊八喜べ、今宵図《はか》らずも仇の在処《ありか》が判ったわい。隣に泊まりおる三人連れ、中なる源兵衛と言えるやつ。先方から仇と名乗って討たれに来るか、こちらから踏みこんで討とうか。二つに一つの返事、即刻きいて参れ！」

伊八は卒倒寸前。慌てて隣の部屋に駆けこむ。

侍の話を聞き、これまた真っ青になる源兵衛。

「あれは真っ赤な嘘。旅の途中、風呂屋で聞いた話を我がことのように言っただけ」

伊八は侍の許へ戻り、その旨《むね》伝えるが、

「この期《ご》に及んで卑怯未練なやつ。これから踏みこんで討とう」

血気に逸《はや》る侍を伊八が止める。宿屋で仇討ちがあったと評判になれば宿の名に傷がつく。

「よし、では明朝、宿はずれで出会い仇といたそう。残る二人も定めし助太刀をいたすであろう。その有無にかかわらず、ついでじゃ、首をはねてしまうからとそう伝えて参れ」

宿中大騒ぎである。侍の方は、ごおーっと高いびき。

「ガラリ、夜が明けますというとお侍、朝早くに起きまして、うがい手水《ちょうず》に身を浄めます」

宿賃を置き、出立しようとする侍。それを伊八が止める。

「あのぅ、隣の三名、いかがいたしましょう」

「発ちたいと申さば発たせてやれ。泊まりたいと申さば逗留させてやれ」

「いえ、あの出会い仇の一件は……」

「出会い仇とな？　ははは、伊八許せ、あれは嘘じゃ」

「う、嘘お？」

「許せ。ああ申さんと、また夜通し寝かしおらんわい」

追出しの太鼓がドンドンと鳴り響いた。観客が立ち上がり、帰り支度を始める。どの顔も満足げだ。

緑の横をカップルが通り過ぎていく。

「面白かったなあ」

「でも、私は前の噺がよかったな。『桜鯛』だっけ？」

ヒザである仲喬が演じた小品「桜鯛」。のんびりとした時代を思い起こさせる、微笑ましい噺である。観客の集中力を殺《そ》ぐことなく、文三の大ネタ「宿屋仇」に繋げる。ヒザの役目を忠実にこなしていた。

高座の照明が落ち、客席の掃除が始まった。緑は一人、会場を出る。

東京月島にある寄席、如月亭《きさらぎ》。外に出ようとした緑は、名前を呼ばれて振り返った。席亭の河内《かわち》公彦《きみひこ》が立っていた。髪を七三に分け、銀縁の眼鏡。紺の上下をきちんと着こみ、穏やかな笑みを浮かべている。

「ご来場、ありがとうございます。牧さんはご一緒ではないのですか?」

「はい。いったいどこを飛び回っているんだか」

「今回の演《だ》し物、牧さんの趣味には合いませんでしたかね」

「いえ、そんなことは……」

四月の中席《なかせき》、最後の二日間は「松の家文吉《ぶんきち》を偲ぶ会」と題された特別プログラムが組まれていた。

松の家文吉は、昭和初期から中期にかけ大名人として活躍した。九十五歳で亡くなるまで高座に上がり続け、松の家の名を不動のものとした、一門にとってまさに大恩人ともいうべき噺家である。

文吉が惜しまれつつ亡くなったのが今から三十年前。今回の催しは、文吉が得意とした滑稽噺をたっぷりと聴いてもらい、文吉という噺家を思いだしてもらおうという企画である。音頭を取ったのは、文吉最後の弟子といわれる松の家文喬《ぶんきょう》。七十二という年齢ながら、松の家では葉光《ばこう》と並ぶ大看板だ。

公彦が苦笑しながら言う。

「正直に言ってくださって結構です。文喬師匠の一番弟子、文三、仲喬師匠を揃えたにもかかわらず、結局七分の入りです」

「でもそれは……」

「ええ、判っています。文喬師匠がねえ……」

「仕方ないですよ。文喬師匠が倒れるなんて、誰も思っていなかったんですから」

文吉を偲ぶ会の準備がスタートしたのは今から一年前。如月亭を会場として使うことも決まり、あとは出演者の交渉を残すのみとなったところで、主催の文喬が倒れた。脳梗塞である。幸い一命は取り留めたものの、左半身に麻痺が残った。舌もうまく回らない。噺家の命とも言うべき「言葉」を奪われたのである。

公彦は目を細め、一年前を思い起こすかのように、

「あのお体でリハビリを始めるとは思いませんでした」

文喬が再び高座に立つことはない、皆がそう思っていた。しかし文喬は、必死のリハビリを始めたのである。文吉譲りの滑稽噺を再び演じるため、まさに命がけだった。

「一年で高座に立てるようになろうとは。大したものです」

公彦の顔にも自然と笑みが浮かぶ。文喬の噺を聴けることがよほど嬉しいとみえる。

「でも、よかったじゃないですか。二日目だけとはいえ、偲ぶ会に間に合って」

「まったくです。明日の高座は凄いことになりそうだ」

文吉を偲ぶ会二日目、そのトリで文喬が復活する。

「それにしても」

と公彦が話題を変えた。

「今夜のお二人の高座、どう思われましたか？」

「どうもこうも、素晴らしい出来でした。ちょっと信じられないくらい」

「私も驚きました」

文喬の弟子、文三と仲喬。いずれは大名人と期待のかかる中堅である。仲喬の方が二つ歳上だが、入門は同じ。二つ目昇進、真打昇進も同じ。文喬を支える二人として、文喬一門のみならず、落語界全体が注目する二人であった。

しかし、期待とは裏腹に、二人の人気はさっぱりだった。独演会を開けばチケットが売れ残る。二人会をやっても駄目。芸が劣るわけではないのに、いったいどうしたわけか。一門の面々も首を捻るばかりであった。

芸が見事でも客が入らねば仕方がない。席亭たちも二人を避けるようになり、出番は少しずつ減っていった。

実を言えば、緑自身も、二人の高座にそれほど魅力を感じていなかった。文喬譲りの滑稽噺。緩急自在の高座は、客席を大いに沸かせていた。しかし、聴き終わったあとに感じる物足りなさは何なのだろう。テレビのバラエティと同じ、聴いたその場で忘れてしまう。文喬の高座のように、いつまでも心に残る温かさがないのだ。おそらく、観客の大多数は、そのことを無意識に感じているに違いない。

三月ほど前、二人の高座を聴いた牧がぽつりと言ったことがある。

『育ちの良さが仇《あだ》になるとはな』

文三は京都にある繊維メーカー社長の次男。伸喬は栃木の鉄工会社社長の三男。共に生活の苦労は味わっていない。だが、そのことが二人の不人気にどう関係してくるのだろう。詳しく尋ねようとした緑だが、いつものごとく、はぐらかされてしまった。

牧自身、文三、伸喬の高座に過度の期待はしていない。今晩、この場に現れなかったのはそのためだろう。

ところが、いざ蓋を開けてみると、ケチのつけようがない素晴らしい高座だ。それも今までのように、どことなく空虚な感じのする芸ではない。魂の入った心に沁みる高座であった。

公彦は満面に笑みを浮かべて、

「どちらも見事でしたなあ」

「何があったのでしょうか」

「さて。それは牧さんの領分でしょう」

「編集長に、余計なことは言わないでくださいね。本業の方が進まなくなりますから」

「承知しています」

苦笑する公彦に挨拶をして、緑は表へ出た。

月島一丁目から五丁目までを、一直線に貫く商店街。色とりどりのタイルをはめこんだ歩道が、まっすぐに延びている。隅田川を渡る春の風が、ほんのりとして心地好い。

時刻は午後九時だが、左右に並ぶ店のほとんどが既にシャッターを下ろしている。月島の夜は早いのだ。もっとも、もんじゃ焼きの店が急増した昨今、事情は変わりつつあるようだが。

改装中のスーパーの前を過ぎ、十字路を渡る。

スーパーが改装工事に入る前、ここには小さな駐在所があった。工事に伴い一時的に閉鎖されたのだが、そのために路上駐車が急増したと商店主がぼやいていた。

見るともなく、緑は車道を見渡した。なるほど、この近辺だけでざっと五台は駐まっている。一車線の狭い道。下手をすると車の通行ができなくなる。

取り締まってもらえないのかしら。そう思いながら、緑は再び歩きだす。ふと、一台に目が留まった。白のカローラで、ナンバーは「７３７３」。

文三師匠の車?

入院中の文喬を見舞った際、病院の駐車場で見かけたことがあった。ナンバーに特徴があるので、覚えていたのだ。

それにしても、なぜ文三師匠の車がこんなところに駐まっているのか。

街灯を頼りに見たところ、運転席は空のようだ。しかし、後部座席に一人乗っている。緑はゆっくりと、問題の車に近づいていった。よくよく見ると、後部のウインドウは開いているようだ。

そのとき、人の気配を感じたのか、後部座席の人影がこちらを向いた。

「ぶ、文喬師匠!」

緑は思わず声をあげた。

大看板、松の家文喬だった。豊かな白髪をきちんとなでつけ、黒縁の大きな眼鏡をかけている。顔つきも一年前とほとんど変わっていない。

文喬はこちらを見て、微かに眉を上げた。取材で何度も会っているので、緑の顔は知っているはずだ。

緑は深々と頭を下げる。だが、文喬はぷいと顔をそむけてしまった。

「あ、あの……」

緑が言いかけたとき、横手の路地から文三が飛びだしてきた。高座衣裳のまま、煙草の箱を手にしている。車を駐め、自販機へ行っていたのだろう。

文三は車の脇に立つ緑を見て、ぎょっと目を見開いた。

「あ、これは、緑さん……」

だが、緑は文喬から目を離せない。顰めっ面をしたまま、挨拶も返さない文喬。

文三はそそくさと運転席に乗りこみ、エンジンをかけた。

「緑さん、すみません、今日のところはこれで」

きっ、とタイヤを鳴らし急発進する。

通りを右に曲がっていく車のテールランプを、緑は呆然と見送っていた。

大名人、大看板と言われながらも、松の家文喬は、常に明るく気さくな人であった。新米編集者の緑にも気軽に声をかけてくれたし、楽屋のしきたりや噺家との接し方もアドバイスしてくれた。その文喬が……。

病で人が変わってしまったのだろうか。

「文喬師匠……」

緑はつい涙ぐんでしまった。ハンカチをだそうとしたとき、ぽんと肩を叩かれた。

「こんなところで何してる？」

「へ、編集長」

ベージュのベレー帽をちょこんと頭にのせ、火のついていない煙草をくわえている。

「築地《つきじ》亭に用事があったんでな。ま、近くだからと思って寄ってみたんだ。それよりどうしたんだい？」

「い、いいえ、別に……」

「そうかい。それならちょっとつき合ってくれないか？　こんな時間で悪いんだが」

「別に構いませんけど」

「如月亭の向かいにある大下書店でな、騒ぎが起きてるんだよ」

「何があったんです？」

「悪戯電話さ。今夜もまた、救急車を呼ばれちまったらしい」

二

如月亭の向かいにある大下書店は、雑誌とコミックを主体にする小さな本屋である。毎夕四時、五時ともなると、小学生の立ち読みで大混雑となる。並の書店であれば、立ち読みお断りの貼り紙でもだすところだろう。だがここの主人、大下彦平《ひこへい》はそんな料簡《りょうけん》の狭いことはしない。ニコニコしながらレジの奥で煙草を吸っている。

店に人が寄りつかなくなったら終わり。それが彦平の持論であるらしい。事実、子供が世話になっているからと、商店街の奥さん連中は皆、大下書店で雑誌を買う。儲かっているのかいないのか傍目《はため》にはよく判らない店であるが、その大らかな雰囲気が緑は好きだった。

午後十時近いというのに、大下書店のシャッターは開いていた。店内では、主人の彦平とおかみさんの富美子《ふみこ》が難しい顔をして向き合っている。左右に並んだ本棚にはぎっしりと本が並び、その前には平積みの新刊本があった。

牧と緑は一列になって店に入った。並んで入れるスペースはない。

彦平の顔つきが和《なご》んだ。

「牧さん、忙しいときに悪いねえ」

「気にすることはないって。どうせ暇なんだ」

暇なわけないでしょう。緑は牧を睨みつけた。だが当の牧は涼しい顔で目をそらす。彦平が申し訳なさそうに言った。

「緑さんまで駆りだしちまって、すまないねえ」

「いえ、そんなこと。それより、何があったんです?」

彦平に代わり、富美子が口を開いた。

「まったくひどい目に遭っちゃってね。二日続けて、救急車を呼ばれたんですよ」

「救急車?」

「悪戯なのよ。大下書店で急病人だって、一一九番に電話した人がいるらしいの」

彦平が苦々しげに顔を顰め、

「まったく、縁起でもないったらありゃしねえ。救急車が店の前で止まったかと思うと、病人はどこだぁって、白衣着た男が飛びこんできやがった」

調子といい間の取り方といい、本職の噺家のようだ。

そこにおかみさんが加わり、今度は夫婦漫才になる。

「あたしは、おまえさんが呼んだのかと思って胆を潰したよ」

「俺はおまえが呼んだと思った」

「それにしても、二日続けて来るとは思わなかったねえ」

「おまえ、感心している場合じゃないよ。救急隊の人に怒られたんだからな」

「怒られたって、あたしたちには何の落ち度もないじゃないか」

「そりゃそうだけどな」

「ねえ牧さん、いったい全体どうなってんでしょうね」

二人に目を向けられ、さすがの牧も気圧《けお》されたようだ。何も答えず、ただ首を捻るだけである。緑は恐る恐る口を挟んだ。

「救急車が来たのは何時頃なんですか？」

「八時半頃だな。二日ともまったく同じ時間だった」

八時半といえば、文三の落語が佳境にさしかかっていた頃だ。緑が聞いた救急車のサイレン。あれが……。

「救急車はサイレンを鳴らしていましたか？」

「当たり前ですよ。けたたましく鳴らしてやって来るでしょう。近所の人はみんな出てくるし、恥ずかしいやらバツが悪いやら……」

「私、如月亭にいたんですけど、サイレンが聞こえました」

ようやくといったタイミングで牧が、

「今夜は文三師匠がトリだったな。出来はどうだった？　毎度のごとくかい」

「それが、そうでもないんです」

「何？」

牧の目が三日月形に細められる。緑は今夜の高座について説明した。牧は顎をさすりながら、

「なるほどねえ。そんなに見事だったのかい」

「何より、文三師匠と仲喬師匠の連携が完璧でした。あの『桜鯛』なしには『宿屋仇』も生きなかったと思います」

「そうか。そいつは拾い物だったな」

困惑顔の彦平がやんわりと口を挟んできた。

「あのう、悪戯電話の件なんですけど」

「すまんすまん。落語のことになると、つい。それで、救急車は昨夜も来たんだな？」

「ええ。同じ時刻、八時半です。昨夜のところは、何かの間違いだろうということで済んだのですが、二日続けてとなると……」

彦平も救急隊員にきつく言われたのだろう。

「こんなことが続くと、如月亭にも迷惑がかかります。せっかくの高座が、サイレンで台なしになりますから」

富美子が彦平を肘で突いた。

「馬鹿だね。お向かいの心配してる場合じゃないだろう」

牧が苦笑して間に入る。

「如月亭のことはともかく、悪戯で救急車を呼ぶなんてのは、放っておけないな」

「そうなんですよ。牧さん、どうしたもんでしょうねえ」

牧はこれまで、噺家の間に起きた数々の問題を解決してきた。その評判は、ここ月島商店街にも知れ渡っているらしい。

「どうしたもんか、と言われてもなあ」

難しい顔をして、腕を組む牧。

「明日もう一晩、様子を見るよりないだろうな」

「警察に届けた方がいいですかね？」

「警察が何をしてくれるか疑問だが、あまり続くようなら通報するしかないだろうな」

彦平は悲しげに首を振り、

「まったく、何でこんな目に遭うんだろうな」

そんな彦平に富美子が早速嚙みついた。

「おまえさんがそんな弱気でどうするんだい。気味が悪いのはあたしも一緒だよ」

まるで落語から抜けだしてきたような夫婦だ。二人の様子を見ていると、こちらが元気づけられる。

牧がベレー帽を頭にのせ、

「明日の夜は、俺も如月亭に来る。文喬師匠の高座が終わったら、寄らせてもらうよ」

夫婦の見送りを受けて、牧と緑は表に出た。

午後十時。如月亭の明かりはすべて消えている。もんじゃ焼き屋もほとんどが店を閉め、商店街はひっそりとしていた。

駅に向かいながら、牧が言った。

「ところでおまえさん、さっきあんなところで何をしていたんだ?」

文喬の冷たい目を、緑は思いだした。

「編集長、大病すると人って変わってしまうものなんでしょうか」

「何だ、いきなり」

緑は文喬の一件を話した。

「師匠には、いつもよくしていただいていたんです。最初は楽屋の雰囲気が怖くて入るのも一苦労だったんですけど、文喬師匠が色々とアドバイスしてくださって」

「大らかっていうか何ていうか、気張ったところのない人だからな。若手にも人気がある。

だが、稽古となるとなかなかに厳しいらしいぜ」

「三遍稽古をまだやってるんですよね」

師匠が弟子に新しいネタを教える。その際、三度だけ師匠が噺をする。弟子は聴いているだけ。だが、その三度のうちにすべてを覚えなくてはならない。四回目には、師匠の前でそのネタを語れるようにならなければいけないのだ。

「テープレコーダーだの何だのは、使わせないらしい。弟子の文三と仲喬がめきめき頭角を現してきたのも、そうした稽古の賜物だろうな」

「本当は厳しい人なんですよね、文喬師匠って」

「名人と呼ばれる人だ。芸に対しては厳しいさ。だが……」

牧は言葉を切った。細めた目が三日月形になっている。

「文三、仲喬師匠の高座に救急車。ちょっと気にはなるな」

「どういうことです？」

緑の問いかけを無視して、牧はずんずん歩いていく。

「ちょっと、編集長」

地下鉄月島駅へ下りる階段の前で、牧は振り返った。

「明日も救急車は来るぜ」

「はあ？」

「明日の高座、聴き逃すって手はないな」

三

「あの、緑さん?」

午前十時、経理担当の金山《かねやま》道子が、編集部に入ってきた。伝票の束を持っている。

「この精算伝票、用紙が違うんだけど」

校正をしていた緑は、慌てて顔を上げる。一週間分の交通費を今朝、精算したのだが……。

道子は笑顔のまま、問題の伝票を机に置く。

「珍しいわね、あなたが間違えるなんて」

「すみません。うっかりしていて」

「いいのよ。お金は用意しておくから。書き直したら持ってきて。書類ばっかり多くなっちゃって、書く方も面倒よね」

勤続十五年。世界堂出版業界誌部門の経理を、一手に引き受ける道子である。曲者揃いのこの部門が何とか回っているのは、ひとえに彼女のおかげと言えるだろう。

「相変わらず、よく働くな」

自分のデスクで新聞を読んでいた牧がつぶやいた。いつもは昼にならないと出社しないのに、今日はどういう風の吹き回しだろう。

「それは私に言ってるんですか?」

「違うよ。道子さんにだ」

「編集長みたいにいい加減な人がいるから、道子さんが苦労するんです」

「いい加減とは失礼だな。伝票はきちんと精算しているぜ。一月に一遍」

「普通は一週間に一遍はやるんです」

「それはそうと」

牧は話題を変えようとする。

「おまえさん、仕事が手につかないようだな」

やっぱり、気づいていたのか。

「集中できないんです。文喬師匠のことが気になって」

「師匠に無視されたことが、そんなにショックだったのか? そりゃ、噺家にしてはいい男だけどな、七十過ぎだぜ」

「馬鹿言わないでください。そんなんじゃありません」

牧はニヤニヤしながら、

「それなら、どうしてそんなに気にするんだ?」

「それがよく判らないんです。ただ……」

「ただ？」

「何となく不穏なものを感じて。今夜は文喬師匠、久々の高座じゃないですか」

牧がふと真顔に返った。

「おまえさん、『宿屋仇』をどう思う？」

「え？」

返事に詰まる。話が飛躍するのはいつものことだが、いきなり「宿屋仇」とは……。

昨夜聴いた文三の高座を思い起こしながら、答える。

「うまく言えませんが、悲しくなる噺ですよね」

「悲しいだと？　あれは滑稽噺だぜ」

「噺そのものは面白いですよ。でも、結局は一人の侍に振り回されるだけじゃないですか。三人連れの若者だって、奉公人の伊八さんだって。侍のついた嘘のためにひどい目に遭って……」

「随分とネガティブな見方だな。だが、あながち間違っているとも言えない」

「え？」

「嘘に着目したところさ。『宿屋仇』を好きになれるかどうかは、侍のついた嘘を許せるか許せないかで決まる」

「はあ……」

「同じ嘘でも、『芝浜』の嘘はどうだ?」

「芝浜」は人情噺の名作である。怠け癖のついていた魚屋が、浜で財布を拾う。中には四十二両という大金。大喜びした魚屋、すぐ家に帰り、近所の人間を集めて大酒盛りを始める。酔い潰れて目を覚ますと、おかみさんは財布のことなど知らないという。財布を拾ったのは夢だったのだ。以来、魚屋は心を入れ替え懸命に働く。そして三年目の大晦日。小さいながらも店を構えるようになった魚屋に、おかみさんが財布を見せる。拾った財布は夢ではなかったのだ。十両盗めば首が飛ぶ時代、おかみさんは財布をお上に届け、亭主には夢だと嘘をついていた。手をついて謝るおかみさんに、亭主は礼を言う。晴れて迎える新年。亭主のために、おかみさんは酒を用意する。三年間、亭主は酒を断っていたのだ。猪口《ちょこ》に口をつけようとする亭主だが、寸前で止めてしまう。『よそう。また夢になるといけない』

「おかみさんが亭主を騙していたんだ。あれだって嘘には違いない」

緑は即座に答えた。

「でも、その嘘のおかげで二人は救われました」

「『饅頭《まんじゅう》こわい』の嘘はどうだ?」

「はあ?」

「あの主人公は饅頭がこわいと仲間を騙したんだよな」

「それはそうですけど……。でもあの噺は、嘘をついた方に分《ぶ》があります」

「『桜鯛』の場合はどうだ?」

「あの噺には嘘なんて出てきません」

「家来のやったことは、一種のフェイクだぜ。殿様をペテンにかけようとしたんだから」

「それはそうですけど、あの場合は仕方ないですよ」

「あの殿様は、家来のしたことを知っていたんだろうか」

「え?」

「鯛がひっくり返されたことだ。知っていて、最後のセリフを言ったと思うかい?」

考えたこともなかった。鯛を食べたがる殿様の奔放さが、温かな笑いとして緑の心に残っていたのだが……。

もし、殿様が家来のフェイクを知っていてあのセリフを言ったとしたら。

「俺は、知っていたと思うんだ。天真爛漫な殿様に見えて、なかなかの策士だよ。家来に騙されて、そのまま引き下がる人ではない。最後にがつんと一発、食らわせてやったのさ。主従の化かし合いだな。それはそれで面白いじゃないか」

牧はけらけらと一人で笑う。

「編集長、何が言いたいんです?」

牧は頭の後ろで手を組んだまま、

「落語には色んな嘘が出てくる。だが嘘にも色々あるってことだ。必ずしも悪いものとは限らない。単純に見える嘘が、意外な真実を隠しているってこともある」

嘘、嘘って、いったい誰が嘘をついているのだ？

首を傾げる緑の後ろで、扉の開く音がした。道子だろうか。

「何ですか？　また伝票……」

松の家葉光が立っていた。


「突然押しかけて申し訳ない」

両手を膝に置き、深々と頭を下げる葉光。牧が居心地悪そうに、身を縮める。

「そんな挨拶は抜きにしてください。言っていただければ、こちらから出向きましたのに」

編集部奥の来客用スペースに、緑は葉光を案内した。来客用といっても、ソファセットが一組あるだけの、至って簡素なものだが。

茶をテーブルに置き、緑は牧の横に腰を下ろした。待ちかねたように、牧が口を開く。

「それで師匠、今日はどんなご用で？」

松の家葉光といえば、鈴《すず》の家梅治《やうめじ》と並ぶ落語界の大看板である。一門の代表として、多忙なはずだが。

葉光は恰幅のいい体を揺らしながら、

「牧さん、またあんたに頼みごとがあってな」

「ずばり、文喬師匠のことですか」

葉光の目がぎょっと見開かれる。

「どうして、それを？」

「別に。ちょっとした予感みたいなもんです」

「ここまで当たると、少々薄気味悪いな」

「人を化け物みたいに言わんでくださいよ。それで、頼みとおっしゃるのは？」

「文喬師匠が、今夜一年ぶりの高座を務めることは知っているな。師匠の復帰は、松の家にとってはもちろん、落語界にとってもめでたいことだ。だが、ちょっと気になることがあってな」

葉光の眉間に深い皺が寄る。

「一昨日、俺は文喬師匠の家に行った」

「ご自宅というと、品川の方ですね」

「リハビリも終えたということだから、一言お祝いでもと思ってな。ところが、門前払いを食わされた」

「門前払い？」

「事前に電話の一本も入れておかなかった俺も悪い。だが、インターホンで来たことを告げると、けんもほろろ、お帰りくださいときた」

「それは、文喬師匠ご本人の声でしたか？」

「いや、もっと若かった。おそらく、弟子の文三か伸喬だろう」

「理由は何も言わなかったのですか」

「ああ。大分慌てていたようだがな。とにかく、今日のところは帰ってくれ、そればかりよ。随分な扱いだと腹も立ったが、その場は言う通りにした。久しぶりの高座を控え、人と話す気分ではなかったのかもしれん。俺にも経験があるのでな」

葉光は茶を一口すすり、喉を湿らせると、

「ただ、どうにも解せんことではある。文喬師匠といえば、気さくな質《たち》でな。二つ目から下足番まで、気軽に声をかけるお人だった」

「実は師匠、間宮君が、昨夜同じような体験をしたんですよ」

緑は昨夜の出来事を語った。葉光の顔つきがみるみる険しいものになっていく。

「そうか、そんなことが……」

「病気が人柄まで変えてしまったのでしょうか」

「さすがに気になったのでな、そのあと少し聞きこんでみた。そうしたら驚くじゃないか、門前払いを食ったのは俺だけではないらしい」

「本当ですか？」

「文喬師匠が退院されたのは、かれこれ二か月前だが、それ以降、師匠に会った者がいないのさ」

「そんな……」

「自宅に閉じこもったまま。席亭との打ち合わせなんかは、すべて弟子の二人がやっている。何ともおかしな話じゃないか」

葉光は腕を組み、牧と緑を見た。

「なあ牧さん、俺はどうも心配でな。文喬師匠に何があったのか、それとなく探ってみてくれないか」

「師匠の頼みとあらば何でもやりますが、果たして何が出てくるか、私にも予想がつきません」

「この葉光、名人だの何だの言われてはいるが、やはり文喬師匠にはまだまだ頑張ってもらいたい。取り越し苦労であれば、それでいいんだ」

「判りました。まったく当てがないわけではない。早速かかりましょう」

牧は立ち上がり、手にしていたベレー帽を頭にのせた。

「緑君、出かけるぞ」

そうくるであろうことは予想済みだ。緑はバッグを手に、戸口に立つ。

「文喬師匠の家ですね」

品川駅で京急《けいきゅう》に乗り換え、各停で二駅。新馬場《しんばんば》という小さな駅で下りた。目の前に片側三車線の第一京浜《けいひん》が走り、はるか前方には、御殿山《ごてんやま》の高層マンションが見える。牧は少し先にある歩道橋を渡り、一方通行の路地へ入っていく。行き交う車の喧噪が一気に遠ざかった。

道はかなりの上り坂だ。早足で歩く牧に合わせていると、息が切れてくる。

「編集長、たしか、この辺り……」

口を開いた途端、牧が足を止めた。

坂の中腹に、八階建てのマンションがあった。築はかなり古いらしく、くすんだ白壁にはあちこちにヒビ割れが走っている。マンション名を記したプレートは黒ずんでいて、判読できない。

「ここの六階だ。師匠は独身でな。雇いの家政婦が来る以外、ずっと独りで暮らしている」

大名人と言われる男が住むにしては侘《わび》しい場所だ。先日訪れた月の家栄楽師匠の自宅とは比べものにならない。

牧は建物を見上げながら、感慨深げにつぶやいた。

「文吉師匠って人も妻を持たず、落語の稽古に明け暮れたっていうが……」

「お弟子さんたちは来ないいんですか?」

「文喬師匠の稽古は厳しいからな。今の若いやつらは恐れをなして来ない。足しげく通ってくるのは、文三、仲喬師匠くらいだろう」

「何だか、寂しいですね」

牧は何も答えず、道の端に佇んでいる。

「中に入らないんですか?」

「文喬師匠はいないよ。高座の送り迎えなんかを考えて、文三師匠の家にいる」

昨夜、文喬が文三の車に乗っていたのは、そういうわけか。

「でも、それならどうしてここへ?」

「ちょっとしたことを確かめになって」

牧は平然と道の前方を見やっている。坂の上は住宅街。昼前のこの時間、人通りもまばらである。

風に乗って救急車のサイレンが聞こえてきたのは、そのときだった。ピーポーピーポーという音が、徐々に近づいてくる。

いったいどこから聞こえてくるのだろう。緑は周囲を見回した。

坂の上方に、赤いランプが見えた。救急車の白い車体が、坂を走りおりてくる。細い路地のためかスピードはあまり出ていない。的確なハンドルさばきで、駐めてある自転車などをかわしていく。緑の前を通り過ぎていった救急車は、角を曲がって大通りへと消えた。

そのサイレンが消えると間もなく、牧が歩き始めた。

「さて、帰るか」

「帰る？　だって、確かめたいことがあるって……」

「もう確かめたよ」

牧は新馬場の駅へ戻るつもりのようだ。仕方なく、緑も後を追う。

大通りに戻ったところで、牧が言った。

「その先に救急病院があるだろう。あの路地は救急車の通り道になっているんだ。確かめたかったのは、そのことさ」

牧の言う通り、歩道橋の少し先には、病院があった。先ほどの救急車が駐まっており、白衣の男たちが担架に乗せた患者を運びだしている。

救急車……。頭に浮かぶのは、大下書店の悪戯電話である。

頭をフル回転させてみるが、どうにも関連は摑めない。そんな緑を牧は横目で見ている。

「月島に行くか。そこでお茶でも飲んでいようや」

四

「こんなところでのんびりしていて、いいんですか」

「そんな声をだすなよ。ここで俺たちが焦ってもどうにもならんだろう?」

月島商店街の中ほどにある「如月」は、中年のマスターが切り盛りする小さな喫茶店である。カウンター席が八つにテーブル席が一つ。メニューもコーヒー、紅茶に軽食程度しかない。とはいえ、マスターの淹れるコーヒーは絶品で、噺家にも常連が多数いた。

白いエプロンをしたマスターが、カウンターで豆を挽いている。

二人の他に客はいない。牧と緑は、奥のテーブルに腰を下ろしていた。

「そもそも、こんなことをする羽目になったのは、おまえさんのせいなんだから」

「私のせいって……。編集長が動いたのは、葉光師匠に頼まれたからじゃないんですか?」

「葉光師匠が出てきたのは偶然さ。俺が気になっていたのは、おまえさんだ。文喬師匠のことで、えらく悩んでいただろう」

「それと救急車とどんな関係があるんです?」

「まあ、そのうち判るって」

憤然と黙りこんだ緑の前に、マスターがコーヒーカップを置いた。狭い店内、二人の会話は耳に届いているはずだが、何も尋ねてこない。無言でカウンターの向こうへ戻っていく。

牧はコーヒーを一口すすると、

「文吉の名跡問題って聞いたことないか?」

突然の質問に、緑は戸惑った。

「二年ほど前だったかな、文吉の名を葉太《ようた》師匠に継がせようとする動きがあった」

「本当ですか？　そんな、信じられません」

松の家葉太。真を打って五年。今年四十になる中堅だ。音曲噺《おんぎよく》を中心とした大ネタを得意とし、声のよさにも定評がある。細面で華奢な体つき。女性の圧倒的支持を受けている。

「でも、正直いって葉太師匠の芸は……」

緑自身、葉太の落語はあまり好みではなかった。決して下手ではないが、高座にかけるネタに偏りがあるのだ。音曲噺、人情噺はたしかにうまい。だが、与太郎もの、長屋ものなど滑稽噺を演じようとすると、途端に生彩を欠いてしまう。声のよさ、ルックスのよさ、そしてプライドの高さが災いして、芸の幅を狭めてしまっている。

緑の意見に牧もうなずいた。

「先代文吉師匠の持ち味は何といっても滑稽噺だ。その名前を、よりにもよって葉太に継がせようってのは、納得がいかない。葉光師匠も文喬師匠も猛反対だった。かといって、そういつまでも文吉の名を空けておくのもよろしくない。演芸協会の理事やら葉太師匠の後援会の会長やらが、しつこく申し入れてきたから、文喬師匠たちも困り果ててたらしくてな」

「でも、一番弟子だった文喬師匠の諒解なしに、名跡継承を強行するわけにもいかないですよね」

「その通り。だが、膠着《こうちゃく》状態となったときに、文喬師匠が倒れた」

「あ……」

「葉太側としては、千載一遇のチャンスだ。ここぞとばかりに、継承を迫った」

水面下でそんな争いがあったなんて。緑はまったく知らなかった。牧はコーヒーを口に含み、

「ところが、文喬師匠は首を縦に振らなかった。その上、言葉さえ満足に出てこないのに、ある宣言をしちまった」

「それは、どんな？」

「当時、既に企画進行中だった『文吉を偲ぶ会』の開催までに高座に立てなければ、自分は引退する。引退後は、文吉を誰にしようが、文喬を誰にしようが、好きにして構わない」

何とも無茶な約束をしたものだ。文吉の名跡のみならず、自分の落語生命まで賭けるなんて。

「それからさ、文喬師匠のリハビリが始まったのは」

牧は感慨深げに、続ける。

「文喬師匠はな、文吉の名を文三、仲喬のどちらかに継いでもらいたいんだよ」

文吉の得意とした滑稽噺。その正当な継承者として文喬は二人の噺家を育ててきた。二人とも精進に精進を重ね、次代を担う名人として頭角を現してきたのだが……。

「文喬師匠は気さくな人だ。しかし、稽古となると話は違う。文三、仲喬はその厳しい稽古に耐えた。耐えたまではよかったんだがな」

いつまで経っても、二人の人気はぱっとしない。

「育ちの良さが仇になる、ですか？」

「覚えていたか」

牧は肩を竦《すく》めて苦笑した。

「実家は共に大金持ち。今に至るまで大した苦労をしていない。つまりぼんぼんってことだ。幸い、やる気と才能に恵まれていたため、文喬師匠の一番弟子にまで昇り詰めた。だが、そこまでだ。この意味、判るだろう」

「上を狙う野心に欠けているということですね」

「そうだ。さらに言えば、自分たちが文喬師匠の跡を継いでいかねばならないという自覚にも欠けている。苦労も挫折も知らずにここまで来た。彼らの芸には、生きるか死ぬかの切羽詰まった感じが抜け落ちているんだよ」

「二人の芸に物足りなさを感じてしまうのは、そのへんが原因でしょうか」

「なまじ芸がいいだけに、そうした人間的な浅さは、観客に伝わりやすい」

牧は言葉を切り、コーヒーをすすった。そして、

「どちらにしても、文三、仲喬師匠の二枚看板じゃ、客は呼べない。昨夜の七分入りはまだ

いい方だ」

「席亭の公彦さんも困ってました」

「だが、今夜ばかりは大丈夫さ。文喬師匠見たさに、客はわんさと押しかける」

「ここで昨夜みたいな高座を見せてくれれば、二人への評価も変わると思います」

「プログラムはどうなっているんだ？」

「小喬《こきょう》師匠と文遊《ぶんゆう》師匠が一席ずつ、そのあと仲喬師匠で中入りです。休憩を挟んで、文三師匠。トリが文喬師匠です」

小喬、文遊は、昨年真を打ったばかりの若手である。

「なあに、心配はいらないよ」

牧が目を細める。何を期待しているのか、その表情は実に楽しそうだ。

壁の時計は午後五時を指している。開演まであと一時間半。

牧が立ち上がった。

「そろそろ行くか。さて、どんな高座を見せてくれるかな」

開演一時間前だというのに、席のほぼ八割が埋まっていた。七分の入りと嘆いていた昨夜が嘘のようだ。

牧と緑は、とりあえず左手後方の席に坐った。席亭の公彦に言えば最前列を用意してくれただろうが、そうした根回しを牧は嫌っていた。

午後六時半、予定通りの開演。開口一番として、小喬が「子ほめ」を、続いて文遊が「粗《そ》忽《こつ》の釘」を演《や》る。その頃には場内は満員、立ち見が出るほどの盛況だ。

午後七時、出囃子「花見踊」と共に仲喬が姿を見せた。気合い充分、深々と頭を下げる。

「例によりまして、古いお噺を聴いていただきます。起請誓紙《きしょうせいし》を取り交わし……などと申しますが、今の方はお判りにならないでしょうな」

「三枚起請」だ。

まだまだ駆けだしの緑ではあるが、導入を聴いただけでネタが判る程度にはなっている。

「三枚起請」は花街を舞台とした廓《くるわ》噺である。もともとは上方の噺であったが、明治になって東京でも演じられるようになった。

芸者小てるにうつつを抜かしている八五郎を源兵衛がたしなめる。すると八五郎は懐から起請文を取りだした。年季が明ければ、八五郎と夫婦になると書いてある。

「こんなものを真に受けやがって」

源兵衛は抽斗《ひきだし》から、まったく同じ起請文をだしてくる。源兵衛も小てるから起請文をもらっていたのだ。さらに、その話を聞きつけた熊五郎が飛びこんでくる。何と、熊五郎も起請文を持っているという。

記載した内容に嘘偽りのないことを、神仏の名にかけて誓約するのが起請文である。それを三枚も書くなんて許せない。頭にきた三人は連れ立って花街へ。問題の芸者を呼びつける。三枚の起請を突きつけ、問い詰める三人。だが、小てるはしれっとしたもの。

「あたしの商売は、男を騙すことですから」

「あだに起請を一枚書けば、熊野で烏が三羽死ぬというが、おまえみたいに起請文を書き散らしていたら、熊野中の烏が死ぬな」

「熊野中どころか、世界中の烏を殺したいわ」

「世界中？　そんなことしてどうする？」

「烏殺して、ゆっくり朝寝がしてみたい」

源兵衛たち三人によるかけ合いの面白さ。一方で小てるの見せる女としての狡猾さ冷酷さ。その対比は見事としか言いようがない。どっしりと腰の据わった落ち着きが感じられる高座だ。昨夜の「桜鯛」はまぐれではなかった。

隣に坐る牧も、満足げにうなずいている。

「編集長、凄かったですね」

「やる気になればこんなものだろう。もともと素質はあるんだからな」

「何があったのか判りませんけど、先日までの仲喬師匠とはまるで別人です」

「次の文三師匠の高座も、じっくり聴いてみようじゃないか」

十分の休憩の後、文三の出囃子である「紅梅」が鳴った。丸い顔に笑みをたたえ、ゆったりとした足取りで文三が姿を見せる。

「落語には何でも知っているという人が出てまいります。『知らない』と言うことを恥と考えているようでして……」

演し物は「つる」。二十分に満たない前座噺である。

高座上の文三はよく通る声で、のびのびと御隠居、八っつぁんのやりとりを進めていく。

「で御隠居、つるってのは何でつるって呼ぶようになったんですかね」

答えの判らない御隠居。何でも知っていると大見得を切った手前、知らないとは言えない。

「む、昔、つるのことは首長鳥と呼んでいた。それがどうしてつるになったかといえば……」

あるとき、雄の首長鳥が「つー」と飛んできて木の枝に止まった。あとから雌の首長鳥が「るー」と飛んできて、その横に止まった。

「それを見ていた人が、つると名づけたんだな」

真に受けた八っつあんは、熊さんのところへ行き、その話をする。

「あるとき、雄の首長鳥が『つるー』と飛んできて、枝に止まった。あとから雌の首長鳥が来て……へ?」

どうもうまくいかない。御隠居に聞き直し、再度熊さんのところへ。

「あるとき、雄の首長鳥が『つー』と飛んできて枝に『るっ』と止まった。あとから雌の首長鳥が来て……へ?」

「おい、雌は何て言って飛んできたんだ?」

「……黙って飛んできた」

これまでに何度となく聴いた「つる」だが、これほど笑ったのは初めてだった。文三のしゃべり、仕種の一つ一つが、笑いのツボを刺激してくるかのようだ。

わずか十五分の高座ではあったが、その充実度は大ネタ一本に匹敵する。

場内のざわめきが収まる間もなく、出囃子「高尾《たかお》」が始まった。一年ぶりに響く音色である。喧噪がぴたりと止み、場内は異様な緊張感に包まれた。

満面に笑みをたたえた文喬が、姿を見せた。ひょいひょいと、弾むような足取りで座布団へ。深々と礼をする。

いつも通りの文喬だ。トレードマークである黒縁眼鏡も変わらない。拍手が鳴り止むのを待ち、文喬は語り始めた。

「春先のお噺を聴いていただきます」

正面に置かれたマイクに向かい、かがむようにして話す。病み上がりで、声に自信がないのだろうか。

「春先と言えばお花見。落語に出てまいります貧乏長屋でも、その話をしております」

演目は「花見の仇討ち」。文吉が得意とし、現在では文三の十八番である噺だ。

長屋一同で、花見に出かける相談がまとまる。場所は飛鳥山《あすかやま》。だが、行く以上は他の町内をあっと言わせる趣向が欲しい。そこで、若い衆四人が「仇討ち」の趣向を考える。一人が浪人、二人が巡礼の親子に化ける。浪人と巡礼は仇同士。その三人が飛鳥山で偶然出会い、斬り合いを始める。皆が驚いて逃げだしたところで、四人目が扮した六部が登場。浪人と巡礼をなだめ、笈櫃《おいびつ》に用意してきた酒肴で大いに騒ごうという趣向である。

さて当日、浪人役の男は桜の下でぷかりぷかりと煙草を吸い始めた。一方、酒肴を持った六部役の八五郎も、早々に家を出る。ところが、その姿を本所《ほんじょ》の伯父さんに見つかってしまった。

「この伯父さん、耳は遠いが力はえらく強いというお人でございます」

八五郎が本当に六部になり、霊場巡礼に出ようとしていると勘違いした伯父さん、彼を捕まえて怒鳴りつける。

「妻子ある身でありながら、そのようなことをするとは何ごとか」

慌てたのは八五郎である。

「伯父さん、落ち着いてくれ。これは花見の趣向なんだよ」

「相模《さがみ》から四国に抜けようったって、そうはいくか」

まるで話が通じない。結局本所の自宅に連れていかれてしまう。

最後は巡礼の二人組。道を急いでいたところ、不注意から侍の一団にぶつかってしまう。手討ちにしてくれると怒る侍だが、二人の持つ仕込み杖に目を留める。

「そなたたちは、大望ある身ではないのか？」

仇討ちの話をすっかり真に受けた侍たちは、

「仇と巡りあえた暁には、拙者、助太刀いたすぞ」

そんなことをしているものだから、飛鳥山には誰も来ない。浪人役がただ一人、煙草を吸い続けている。

「頭はぼーっとして喉はがらがら。口の中はヤニだらけになっております」

場内は笑いの渦。とても病み上がりとは思えない、珠玉の芸だ。

そのとき、緑の耳にサイレンの音が聞こえた。笑い声に交じって聞こえてくる、ピーポーピーポーという音。あれは間違いなく救急車の……。

緑は腕時計に目をやった。午後八時半。

やはり来たのか……。

大下書店に救急車を呼ぶ悪戯電話。牧の予想通り、今夜も実行されたのか。

緑はそれとなく場内を見渡した。サイレンに気づいた観客は、ほとんどいないようだ。

最後に隣の牧に目をやった。牧がサイレンに気づかぬはずはない。だが、緑と目を合わすでもなく、高座に集中している。

「やぁやぁ、汝は北風寒衛門《きたかぜさむえもん》、八年以前、父を討って立ち退いたる大悪人」

文喬の声で、我に返った。慌てて、高座に注意を戻す。

遅れてやって来た巡礼と浪人、その立ち合いがようやく始まったのだ。趣向とはいえ、使う刀は本物である。お互いの刀がチャリンと合わさるや、周囲の人々は慌てて逃げだす。

「ここまではうまくいっておりましたが、肝心の六部は参りません」

延々と切り合いを続けているところに、通りかかったのは、先ほどの侍たち。

「やや、あの巡礼、晴れて仇と巡りあったようだぞ。さあ、助太刀いたそう」

刀を抜いて飛びこんできた。驚いたのは浪人と巡礼。刀を放って逃げだした。

「これこれ、討たれる側はともかく、討つ側までが逃げてどうする。これで勝負は五分と五分じゃ」

「五分と五分でも、肝心の六部が参りません」

場内を割れんばかりの拍手が包む。文喬は何度も何度も頭を下げる。それでも拍手は鳴り止まない。

名人文喬が完全な復活を遂げたのだ。前列の客は立ち上がって拍手をしている。一度は再起不能とまで言われた師匠の見事な高座。これで「文吉継承問題」も消し飛んだことになる。

高座にするすると幕が下りた。

「本日はご来場、まことにありがとうございました」

場内アナウンスを聞いた牧が、すっくと立ち上がる。

「行くぞ」

緑は素早く後に続いた。

会場を出た牧は、受付前にいた公彦を捕まえた。

「公彦さん、今夜の救急車、どうなりました？」

質問の意味が呑みこめなかったのだろう。公彦はぽかんと牧の顔を見ている。牧は苛立たしげに繰り返した。

「救急車ですよ。例の悪戯電話」

「また来ましたよ。まったくどうなってるんでしょうねえ。時刻も同じ八時半。向かいの大下さんのところに止まって」

「それで、彦平さんは？」

「困ってましたよ。救急の人にえらく怒られたみたいだしねえ。警察に連絡した方がいいって勧めてはいるんですが」

「災難と思うよりないでしょう。もっとも、悪戯は今夜限りで終わるはずだが」

「え？」

「いや、こっちのこと。ところで、放送室に今誰かいますか？」

ころころ変わる話題に、公彦も困惑の体《てい》である。

「何です？」

「放送室ですよ。中に誰かいますか？」

「ええ。文三師匠と仲喬師匠がいますよ。文喬師匠の声の出が悪いので、マイクを調整したいって。そんなのは、私らでやると言ったんですけどね」

「ありがとうよ」

言うが早いか、牧は放送室に通じる通路を駆けだした。ぽかんと見送っている公彦の脇を抜け、緑も並んで走る。

「救急車、今夜も来ましたね」

「ああ」

「大下さんのお店には、行かなくていいんですか」

「そいつは後だ。まずやらなきゃならんことがある」

壁一つ隔てて、観客のざわめきが聞こえる。柱の張りだしの向こう、「静かに！」と書かれた貼り紙の前に、放送室の扉があった。

牧はノブを摑むとノックもせず扉を引き開けた。

放送室といっても、壁際に簡単な機材が置いてあるだけだ。正面はガラス張りになっており、高座の様子が見える。手前には木製の机、その上にマイクが一本載っていた。

牧は室内に足を踏み入れると、穏やかな声で言った。

「何とか切り抜けたね、文三師匠」

五

「これを考えたのは、文喬師匠かい?」

折り畳み式のパイプ椅子に、牧と緑は腰かけていた。文三、仲喬は窓際に立ったままである。答えたのは文三であった。

「ええ。今夜の高座、ぬくわけにはいかないと。その理由は、牧さんもご存じのはずだ」

「文吉の継承問題ですね。今夜、文喬師匠が高座をぬけば、成りゆき上、引退しなければならなくなる。そうすれば……」

仲喬が吐き捨てるように言った。

「葉太なんぞに、文吉師匠の名をやれるか」

「それで、こんなことを?」

「編集長、それってまさか」

牧はゆっくりとうなずいた。

「本来なら、文喬師匠は高座に立てなかったってことさ」

「でも、現に文喬師匠は……」

牧は文三たちに視線を戻す。

「テープを持っていたのはどっちです？　俺の勘じゃあ、文三師匠ですね」

文三が苦笑いをして、

「さすがは牧さんだ。図星です。『花見の仇討ち』は早く覚えたくてね。師匠に内証で」

文三は懐からカセットテープを取りだした。

「今晩のお客さんには、気の毒なことをしました」

伸喬も顔を曇らせる。

「いつか埋め合わせできればいいが」

緑は首を振った。

「そんなことありません。今夜の高座はどれも最高でした」

文三が自嘲めいた笑みを浮かべる。

「そう言われると、かえってつらい」

「昨夜の高座も素晴らしかったです。こんなことを言うと失礼なんですが、正直、あまり期待していなかったんです」

「それは、当然のことです。ここ二年ほどの高座を振り返ると、恥ずかしくて顔から火が出る」

牧が腕組みを解き、言った。

「まだ遅くはないはずですよ、師匠」

「本当にそう思いますか」

「今夜のような高座を見せられては、当然でしょう」

「我々二人、明日から仕切り直しです。精進しますので、よろしく」

二人は深々と礼をした。

「そうだ、牧さん」

顔を上げ、文三が言った。

「このテープ、持っていてくれませんか」

手にしたテープを牧にさしだす。

「さっさと捨てるつもりでしたが、あなたに持っていていただきたい」

「本気ですか？　こいつは、いわば証拠物件ですぜ」

「構いません。もし我々が今回のことを忘れ、また凡庸な芸を見せ始めたときは、牧さん、このテープを聴かせてもらえないでしょうか」

文三は同意を求め仲喬に目を移した。それを受け、仲喬はこっくりとうなずいた。

「文三の言う通りです。あなたなら信用できる。一つ、お願いできませんか」

牧は二人の顔を交互に見比べていたが、やがて、

「判りました。責任を持ってお預かりしましょう。ですが、今夜のお二人を見る限り、この

テープの出番はないでしょうな」

「よろしく」

もう一度頭を下げ、二人は放送室を出ていった。

扉が閉まると同時に、牧はニヤリと笑った。

「妙な成りゆきになりやがったな」

「編集長、そのテープは……」

「そいつを説明する前に、もう一人登場してもらわないとな」

戸口に歩み寄ると、勢いよく扉を開いた。

「そんなところに隠れてないで、入ってくださいよ。文喬師匠」

高座衣裳のまま、文喬は放送室に入ってきた。黒縁眼鏡の奥の目は、じっと牧を見ている。

牧はテープを目の前にかざしながら、

「師匠、いい弟子を持ちましたね」

文喬は無言のままだ。その正面に立つ牧が、声高に言う。

「悪戯電話をさせたのは、あなたでしょう、文喬師匠」

緑は一歩下がり、二人の様子を見つめた。ピンと張り詰めた空気が、狭い放送室を満たしている。

「三晩にわたって呼びつけられた救急車。突然無口になった文喬師匠。そして、どうしても休むことのできない高座。手がかりはまだまだあった。とにかくそれらのことを結びつければ、答えは出てくる」

牧は少し間を置いてから続けた。

「文喬師匠、あなた、声が出ないんじゃないですか？」

文喬の厚い唇がぴくりと動いた。しかし、言葉は出てこない。

「病気のためか、文吉継承問題にまつわるストレスか、それとも、久しぶりの高座への緊張か、理由は判らない。だがとにかく、あなたは声をだすことができなくなった」

牧に詰め寄られても、文喬は一言も発しない。額にうっすらと汗を浮かべ、視線を宙に泳がせる。

「どうだい、緑君。これが真相さ。あの夜、おまえさんに声をかけられても、師匠は答えることができなかったのさ」

「でも、今日の高座は……あの『花見の仇討ち』は？」

「これさ」

牧は再度、テープをかざした。

「今夜の高座は、師匠の肉声じゃない。テープに吹きこまれた過去の声さ。文三師匠たち二人が、この放送室から流したんだ。文喬師匠が高座に上がるタイミングを計ってな」

ある程度予想していたことではあるが、やはり緑にはショックだった。あの生き生きとした語り口、珠玉の芸。それがみんなフェイクだったなんて……。

「今回のお膳立てをしたのは、文喬、文三、仲喬師匠の三人。文吉の名跡を守るために考えだした、最後の手段。違いますか、文喬師匠」

相変わらず無言の文喬。その沈黙がすべてを物語っている。

「文喬師匠の声が出ないと知り、文三、仲喬のお二人も慌てたでしょう。声が出なければ、当然、高座には上がれない。文喬師匠は引退を余儀なくされ、文吉の名は自動的に葉太のものになる。それだけは、阻止したかった。文吉の名を守るため、文喬師匠の窮地を救うため、今まで苦労知らずだった二人が必死になった。そうしてだした結論が、口パクで乗り切ろうというものだ。師匠ほどの力量ならば、テープに合わせて口を動かすくらい、容易《たやす》いことでしょう」

文喬は薄く目を閉じ、牧の言葉を聞いている。

「だがその計画を実行に移すには、三つの問題があった。一つ目は音源だ」

人さし指を立てる。

「文喬師匠の高座はテープやCDになっている。だが、既存の商品を流すわけにはいかない。会場には、落語通と言われる人たちが揃っているんだ。気づかれる可能性があるだろう。二つ目の問題は、笑い声だ」

テープなど、落語のライブを収録したものには、必ず観客の笑い声が入っている。

「口パクを成功させるためには、文喬師匠の声だけが必要だった。だが、そんな都合のいい音源がおいそれとあるものじゃない。ところが……」

緑にも思い当たることがあった。

「三遍稽古！」

「その通り。新ネタを教えるとき、文喬師匠は三回だけ、高座と寸分違わぬ噺をする。もし、そいつを録音していれば……」

「文三師匠は、それをやったんですね」

「そういうことだ。師匠に内緒で録音機を忍ばせておいた。思い切ったことをやったものだな」

牧の手にしたテープには、稽古のときの「花見の仇討ち」が入っているのだ。

「本来なら許されることじゃない。だが、今は事情が違う。師匠たちはこのテープに飛びついた」

「収録されているのは、文喬師匠の声だけ。お誂え向きの音源です」

「そして三つ目の問題」

牧は言葉を切り、思わせぶりな目つきで緑を見る。

いつものことながら、緑の頭はフル回転だ。三遍稽古。録音。文喬の自宅で、真剣に向き合う文三、仲喬の姿が浮かぶ。

文喬師匠の自宅。そこを……。

「救急車ですね。師匠の自宅前は救急車の通り道です。しょっちゅうサイレンの音が……」

「その通り。文三師匠が録音しているときも、一度、救急車が通った。そのサイレンは、当然テープに入る」

文喬の高座の途中、客の笑い声に交じってサイレンが聞こえた。悪戯で呼ばれた救急車が、今夜も大下書店に来たのかと思っていたのだが。

「じゃああの音は、初めからテープに入っていたものですか」

「ほとんどの客は師匠の高座に圧倒され、気づきもしなかっただろうが」

「ですが、今夜も悪戯電話はあったんですよね。大下書店に救急車が来たって……」

「それは当然さ。会場の客は、数名とはいえサイレンを聞いているんだ。誤魔化すには、同じ時刻、本物の救急車に登場してもらうよりないだろう」

「あ……」

「会場で聞こえたサイレンは、大下書店に来た救急車だと誰もが思う。そこがつけ目さ。悪戯電話をすることで、口パク用のテープに入ったサイレンを誤魔化したんだよ」

何と念の入った計画だろう。

「でも、悪戯電話を二日も続けたのはどういうことです？　どうせなら、今夜だけでもよかったはずなのに」

「実験だったんじゃないか」

「実験？」

「一度目は救急車が何分くらいで到着するか。二度目は、サイレンの音がどのくらい場内に入ってくるか。それを確かめたかったんだよ」

「ということはやはり……」

「悪戯電話の主は文三、仲喬師匠だ。大体の時間、音量、入念な準備をして、今夜を待ち受けたってわけさ」

見事に復活を果たした文喬師匠。だが、その陰にこのような計画が隠されていたなんて。

この二日間、観客は三人の噺家に手玉に取られていたことになる。

「でもそれって、聴きに来てくれた人に失礼じゃありませんか」

憤然として、緑は言った。それに対し、黙したまま戸口に立っていた文喬が深々と頭を下げた。牧が苦笑する。

「それは文三、仲喬師匠の方がよく判っているだろう。芸に磨きをかけて、埋め合わせてもらおうじゃないか」

「でも……」

口を開きかけた緑を牧は制して、

「文喬師匠、あなたの狙いはこれだったんでしょう？　切羽詰まったところまで追いこんで、二人の弟子に活を入れようとした。思惑通りに踊らされたのは、観客だけじゃない、文三、仲喬師匠もあなたに手玉に取られたんだ」

文喬は眉一つ動かさない。両手を後ろで組み、窓越しに高座を見やっている。

場内は掃除も終わり、一つ、また一つと照明が消されていく。

「今回の計画を練ることで、文三師匠と仲喬師匠は自分の立場というやつに気づいた。これが、突然高座が良くなった理由だ。これからは、己の芸に貪欲になるだろうな。文吉の名を継ぐのは二人のうちのどちらかだろう」

文喬の口許がわずかに綻《ほころ》んだ。彼がこの部屋に入ってから、初めて見せる感情の動きだった。それにつられるかのように、牧もニヤリと笑う。

「一人が文吉を継ぎ、もう一人が文喬を継ぐ。師匠の夢なんでしょうね」

そのためには、何でもするということか。気さくで誰にでも好かれる大名人。だが内に秘めた思いは、まさに執念だ。

文喬はうっすらと笑みを浮かべ、踵を返した。そのまま部屋を出ていこうとする。

「師匠、大下書店の彦平さんにだけは、いずれ頭を下げていただきますぜ」

文喬は右手を上げて、それに応えた。牧と緑の見守る中、終止無言の噺家は扉の向こうに消えた。廊下を行く足音が徐々に遠ざかっていく。

緑は早速牧に噛みついた。

「編集長、このままでいいんですか？」

「いいも悪いも、しようがないだろう」

「文喬師匠はお客さんを騙したんですよ。噺家が高座に上がって声をださないなんて……」

緑は文喬の高座「花見の仇討ち」に心底感動した。それだけに、文喬の「仕掛け」が許せなかった。

そんな緑に対し、牧は無言のまま。文喬が乗り移ったかのようだ。仕方なく、緑も黙りこむ。目の前には、暗闇に沈んだ高座。ガラスには二人の顔が映っている。

「文喬師匠、これからどうするんでしょう」

少し頭の冷えた緑は、牧に尋ねた。

「明日からの高座はどうするつもりなんでしょうか。まさか毎日口パクをするわけにもいかないだろうし。それに、葉光師匠には何て報告するんです？」

噺家として高座を何より大事にする葉光だ。今回のことを聞けば、激怒するだろう。

「心配いらないさ」

牧は素っ気なく答える。

「本当のところを言えばいい」

「でも、声が出ないことがばれたら、結局引退を余儀なくされます。そうすれば……」

「あの師匠が引退なんてするものか」

牧は文三から預かったテープをデッキにセットする。

「今日会社を出る前に、嘘について話しただろう。嘘にも色々あるってな。今回の嘘は、何だろう。『宿屋仇』の侍か？　それとも『三枚起請』の小てるか？」

「そんないいものじゃありません。落語に出てくる嘘は温かみがあります。文喬師匠は観客を騙したんですよ。卑劣な嘘です」

「文喬師匠がいつ観客を騙したんだ？」

「え？」

「文喬師匠が騙したのはな、文三師匠と仲喬師匠だけさ」

「ど、どういうことです？」

「鯛の裏表だよ。文三、仲喬師匠は殿様を騙したつもりでいる。どっこい、騙したのは殿様である文喬師匠の方だ」

「殿様って、『桜鯛』の殿様ですか？」

「鯛は表を向いているか、裏を向いているか、どっちだと思う？」

「言っている意味が判りません」

「文喬師匠の声が出なくなったなんて大嘘さ。文三、仲喬師匠に灸《きゅう》を据えるため、声の出ないふりをしただけだよ」

「そ、そんな……」

「二人は見事に文喬師匠の思う壺にはまったんだ。そう考えると、ちょっと愉快じゃないか」

文喬師匠は声が出る。つまり、今夜の高座は本当にしゃべっていた？

いきなりそう言われても、信用できない。

「でも編集長、どうしてそんなことが言えるんです？　何か証拠でも？」

「これさ。どこかで文喬師匠がテープをすり替えたんだろうな。いいか、救急車をわざわざ呼んだのは、観客の耳を誤魔化すためじゃない。放送室にいる二人を騙すためだった」

「え？」

「二人は噺の途中にサイレンが入っているのを知っている。今夜サイレンが聞こえないと、文喬師匠が本当にしゃべっていることがばれてしまう」

「じゃあ、そのテープは……」

牧が再生ボタンを押した。

何も聞こえてこなかった。

幻の婚礼

一

「そこに行くのは亀吉じゃないか」

鈴《すず》の家《や》梅太郎《うめたろう》の目が、くるりと丸くなった。腰を引き気味に、前を見る。

「あ、あんたおとっつぁん！」

「亀吉、大きくなったなぁ」

「おとっつぁんも大きくなったね」

「俺が大きくなってどうするんだ。どうだ、元気にやってるか」

五月の如月亭中席《きさらぎていなかせき》。満員の場内からは、咳一つ聞こえない。皆、梅太郎の世界にひたっている。

「そうか、おっかぁ、まだ独りか」

「今のうちに相談相手になる人をもらったらどうだって、言ってくれる人はあるんだけれども、おまえが可哀想だから、おっかさんは生涯独りでいるんだって。亭主は先の飲んだくれでこりごりだってさ」

梅太郎の演《だ》し物は「子別れ・下　子は鎹《かすがい》」。中席の中トリということもあり、やや緊張気味のようだ。額に浮いた汗を、袖でさりげなく拭い取る。

「子別れ」は、人情噺の傑作として、よく知られている。初代春風亭柳枝《りゅうし》の作と言われ、現在では上、中、下に分けて語られる大作である。

飲んだくれの大工熊五郎は、葬式の帰りに吉原《よしわら》へ上がりこむ。そこで馴染みの女郎と再会、何日も流連《いつづ》ける。

四日目になって、ようやく家に。白面《しらふ》では帰りづらいと酒をひっかけたものだから、たまらない。たちまち夫婦喧嘩。おかみさんは、幼い一人息子亀吉を連れ、家を出てしまう。

熊五郎はその後も吉原に通い詰め。ついには女郎を連れこみ暮らし始める。

ところが、「やはり野におけ蓮華草」、これがとんでもない物臭女で、結局すぐに別れることに。後悔するが、もはや後の祭。熊五郎は酒を止め、仕事に打ちこむ。

そして三年後、大店《おおだな》に出入りする立派な棟梁となった熊五郎。だが、侘《わび》しい独り住まい、思いだすのは一人息子、亀吉の顔である。

ある日、木場《きば》まで材木の買いつけに出かけた熊五郎、偶然、道で遊ぶ亀吉と再会する。聞けば、元の女房はいまだ独り身。人仕事をして、亀吉を学校に通わせているという。

亀吉に小遣いをやり、明日、鰻《うなぎ》を食べさせてやると約束する熊五郎。だが、自分と会ったことは言うなと固く口止めをする。

「へへっ、大きくなりやがったなぁ」

駆けだす亀吉の後ろ姿を見送る熊五郎。

その目、その手つき。変幻自在の語り口が、高座と客席を一体にしている。

さすがだ。

間宮緑は、最後列の席から梅太郎の動きを見つめていた。

梅太郎は三年前に真を打ったばかり。表情、指遣いにまでこだわる繊細な芸が身上の、三十一歳である。昇進には厳しいと評判の師匠、鈴の家梅治《うめじ》を唸らせたというから、その才能は折り紙つきだ。

今高座にかけている「子別れ」は、梅治直伝のネタである。難易度も高く、技倆も必要だ。そんなネタをこの若さで高座にかけるのだから、梅太郎の度胸もなかなかのもの。梅治の跡を継ぎ、自分の十八番にしたい。そんな思いが表れているのだろう。

小遣いを隠し持ち、亀吉は自宅に戻る。ところが、糸巻きの手伝いをしている最中、懐から金が転がり出る。それを見た母親は仰天。亀吉が盗んだものと早合点してしまう。

亀吉を責める母親。

「盗んだものは仕方がない。私がお詫びしてお返ししてくるから。どこで盗ったんだい？　言わないのかい？　まだ強情を張ってるんだね。言わないのなら、言うようにしてやる。ここに玄能《げんのう》がある。おとっつぁんと別れるとき、おまえがこの玄能を風呂敷包みに入れてきたんだ。これでぶつのは、おとっつぁんが仕置きをするのも同じだ。言わないと、この玄能で……」

泣きながら、白状する亀吉。熊五郎と会ったと聞き、母親は愕然とする。

そして翌日、鰻屋の二階にいる熊五郎と亀吉の前に、小綺麗に化粧をしたおかみさんがやって来る。

「昨日、亀吉にお小遣いをくだすったのは、あなただったのねぇ」

「いや……そのぅ、えへん、ごほん」

今までのことは水に流し、また一緒に暮らそうと言う熊五郎に、おかみさんも承知する。

「三年目にこうしておまえさんに会って、元のようになれるのも、やっぱりこの子があってこそ。子供は夫婦の鎹ですね」

「あたいが鎹？　ああ、道理で昨日、玄能であたいの頭をぶつと言った」

如月亭の客は、ある意味誠実だ。贔屓《ひいき》の噺家でも、高座の出来が悪ければ、拍手もしない。そんな客たちが、大喜びで手を打っている。梅太郎会心の一席だ。

「これにて中入りぃ」

その声を聞きながら、緑は席を立った。席亭の河内公彦に挨拶しておこうと思ったのだ。会場を出て左手へ。緩いカーブを描きながら続く廊下の先が、席亭部屋である。

「おや、緑さん」

歩きだそうとしたとき、声をかけられた。振り返れば、木戸のところに、男が二人立っていた。右にいるのは、守山秋朗《もりやまあきお》だ。月島五丁目で、印刷会社を経営している。左に立つのは、そこの従業員で君原光司《きみはらこうじ》。二十代後半、茶色い髪の好男子である。

「どうしたんですか、お二人揃って？」

「席亭さんにね、パンフレットの校正刷りをお持ちしたんですよ」

守山は封筒を掲げてみせた。

如月亭は、毎月一回、月の出演者を一覧にした無料のパンフレットを発行しており、その印刷を、守山の印刷所に依頼している。緑は、レイアウトなどについて何度か相談を受けたことがある。

「牧さんはお元気ですか？　最近、姿をお見かけしないが」

守山が言った。

「牧は今、出張中です」

「出張？　また北海道ですか」

「いえ。アメリカです」

「へぇ？」

牧が一か月のアメリカ行きを打ち明けたのは、今から一週間前のことだ。

『明後日からアメリカに行ってくるよ。松の家葉光《まつやばこう》一門の海外公演なんだ。行かない手はないだろう』

緑の抗議はのらりくらりとかわされ、気がつけば、出発の日を迎えていた。

『大丈夫、緑君なら何とかなる』

気楽な言葉を残し、牧は行ってしまった。

留守中の人員補充はなし。企画、取材、校正、すべて緑が責任を負わねばならない。毎夜の残業、休日出勤、牧への恨み言をつぶやきながら、緑は帰国の日を指折り数えていた。

緑の愚痴まじりの話にも、守山はしきりと感心している。

「へぇ、落語ってのも凄いものなんだねぇ。外国でねぇ」

それまで無言で控えていた君原が、守山をつついた。

「社長、そろそろ」

「そうだな」

守山は壁に立てかけてあった杖を取る。痩せ衰えた手首の白さが、緑の目に映った。杖にすがりつくようにして歩く守山を、君原が後ろから支える。

守山さん、大丈夫なのかな。

膝や腰を痛め、病院通いが続いているというが、それにしては衰えようが激しい。周囲の者も皆、心配している。

緑は壁の時計を見る。間もなく開演だ。席亭への挨拶は終演後に回すことにして、緑は席に戻った。

今回の「食いつき」は三鶯亭小菊《さんおうていこぎく》。数少ない女性噺家である。本日の演目は「ぞろぞろ」。初演ということもあり、あとで感想を聞かせてくれと言われていた。

会場に入ろうとしたとき、通路側からまた名を呼ばれた。見れば、二つ目の鈴の家なまちゃがしゃがんでいる。

「緑さんすみません、兄《あに》さんが呼んでるんです」

兄さんとは、梅太郎のことである。緑は声を殺して言った。

「少し待ってもらって。トリまで見ないと取材にならないから」

「そこを何とか。今すぐ会いたいって、兄さんが……」

きつく言いつかったのだろう。なまちゃは帰ろうとしない。小菊の高座は、マクラが終わり、既に本文に入っていた。

聴き入っている観客の後ろで、いつまでも押し問答をしているわけにもいかない。なまちゃに引っ張られるようにして、緑は会場を出た。

「小菊、ごめん」

心の内で手を合わせながら。

二

連れていかれた先は、月島商店街の喫茶店「如月」だった。

鈴の家梅太郎はテーブル席に腰を下ろし、ぼんやりと手許のカップに目を落としていた。緑が入っていったのにも気づかない様子だ。

マスターに目をやると、小さく首を振った。状況はあまりよくないということか。

緑は覚悟を決め、梅太郎の傍に立った。鈴の家なまちゃは、梅太郎の指示がないため、困り顔で佇んでいる。

緑は声をかけた。

「あの、師匠」

びくりと全身を震わせ、梅太郎は顔を上げた。

「や、これは緑さん！」

まったく気づいていなかったらしい。頭を掻きながら、立ち上がった。梅太郎としては珍しい慌てぶりである。

「申し訳ない、考えごとをしていたもので。どうぞ、かけてくれ」

緑のために向かいの椅子を引き、戸口に立つなまちゃに、

「師匠には内緒だぞ」

と口止めし、駄賃を渡す。

「お騒がせして申し訳ない。マスター、コーヒー二つ」

「お客は師匠たちだけです。いくら騒いでもらっても構いませんよ」

この店のマスター、常連客に噺家が多いこともあって、少々のことでは動じない。今も涼しい顔をして、カップを洗っている。

「緑さん、お忙しいところ、すまない」

と頭を下げる。

「いえ、気にしないでください。お話があるそうですね」

「ええ。ちょっと困ったことになってねぇ……」

胃のあたりがちくりと痛んだ。こんなとき、牧がいてくれたら……。そう思わずにはいられない。

マスターがコーヒーを持ってきた。梅太郎はブラックのまま、ゆっくりとカップに口をつけた。そして、言った。

「俺、幽霊と話をしちまったんだ」

梅太郎の許に女性が訪ねてきたのは、先月の初め、四月二日のことであったという。

「あの日は前の晩から雨続き。何となく嫌な感じだったんだ。それに、松の家円幕《えんまく》師匠が風邪で倒れちまってさ」

その日のことは、緑もよく記憶していた。四月の上席《かみせき》、如月亭のトリは葉光。そして、ヒザは円幕が務めることになっていた。その円幕が倒れた。本来ならすぐに代役を立てるところだが、トリはうるさ型の葉光である。下手な代役を立てようものなら、烈火のごとく怒るに決まっている。

「そこで、俺に声がかかった。葉光師匠のヒザなら光栄だ。喜んで引き受けたさ。ただ、その日は俺も浅草の演芸場で出番があった。そっちの代役も探して、もう大騒ぎだ。楽屋入りしたのは、出番の三十分前。ヒヤヒヤものだったなぁ」

「私もそのとき、如月亭にいたんです。演者変更のお知らせも何もなくて、いきなり師匠が出てこられたから、びっくりしました」

「客も戸惑ってたよな。めくりにはちゃんと『円幕』って書いてある。席亭も相当、慌ててたんだな」

円幕はその後、肺炎であると判り入院。上席の期間中、梅太郎が葉光のヒザを務め、さらに評判を上げたのだ。

「とにかく、そんなゴタゴタがあった日のことだ。楽屋に戻って一服やってると、男と女がすっと入ってきやがった。如月亭の楽屋は簡単に入りこめるからな」

男は紺の背広を着た地味な顔だち。女の方は、目の大きい、どちらかというと派手な顔だちであった。

「どうせ、葉光師匠のファンか何かだと思ったたんだ。ところが、二人は俺の方を見て頭なんか下げやがる」

「二人に見覚えはなかったのですか？」

「全然。だからきいてやったんだ。失礼ですがどちら様ですかってな。すると女の方が一歩進み出た。それからどうしたと思う？」

「さぁ」

「にこりと笑いやがったんだ。それでもって『私のこと、覚えていませんか』ときた」

「梅太郎師匠、それってもしかして……」

「話は最後まで聞いてくれ。その女はな、遠藤友実子《えんどうゆみこ》って名乗ったんだ。驚いたことに、小学校の同級生だった」

「同級生の顔を、完全に忘れてたんですか？」

「同級生といっても小学校だぜ。それに……」

「それに何です？」

「俺、一つの学校に長くいたことがないんだよ」

父親の仕事の都合で、幼い頃から転校を繰り返していたという。

「だから、親しい友達なんてほとんどいなかった」

「でも遠藤さんは、あなたのことを覚えていたんですね？」

「ああ。だが、彼女の話を聞いているうちに少しずつ思いだしてきた。俺たちがいたのは、栃木県岩田郡岩田町にある町立第二小学校。岩田っていうのは、宇都宮から車で一時間ほど、山麓にある小さな町だ。俺は、小学校五年の一学期から三学期の始めまで、そこに通っていた。次は富山へ行った。そこには卒業までいたんだが……」

緑は話を戻すべく、梅太郎を制して、

「それで、遠藤さんたちは何と？」

「それが驚きさ。五月初めに、二人は結婚式を挙げるんだという。ついては、披露宴の司会をしてくれないかと」

「司会？」

「しゃべりを仕事にしているんだから、司会くらいできるだろうって。素人さんの考えそうなことさ」

遠藤友実子は現在、大手外食チェーンの本部で事務の仕事をしているらしい。お相手は、同じ職場の同僚で江畑信二《えばたしんじ》という。

「式と披露宴は、新宿のホテルでやる段取りだとか。岩田小学校の同級生で、東京にいる者も何人か出席するらしい。先も言ったように、俺は転校ばっかりしていて、小学校や中学校の友達がいない。だから、妙に嬉しくなっちまってね」

梅太郎は言葉を切り、コーヒーをすする。緑は気になっていることを尋ねた。

「でも梅治師匠は、司会などのアルバイトを禁じていますよね」

「それなんだ。俺も最初は事情を話して、特別に認めてもらおうかと思ったんだが、うちの師匠、あの気性だろう。例外なんか認めん！　って怒鳴りつけられそうでな」

あり得る話だ。かつて弟子の二つ目が、小劇団の助っ人として芝居に出たことがある。それを知った梅治は激怒。破門にすると怒鳴り散らすのを、弟子たちが必死でなだめ、何とか事なきを得たのだ。その二つ目の真打昇進は大きく遅れ、弟弟子たちに先を越されていった。

「色々考えたんだが、結局、師匠には内緒で引き受けることにした。別に小遣い稼ぎをするわけではないし、当日は高座もないし」

式の予定されている日は、如月亭中席の始まる前。日程上も問題はない。

「それで、その日は引き受けるとだけ返事をして、後日、もう一度会うことにしたんだ」

「おめでたい話じゃないですか」

「それがそうでもないんだ。三日後、新宿の喫茶店で二人にもう一度会った。日程と簡単なスケジュールの確認のためだ。話をしたのはすべて友実子さんで、旦那の方は黙ったままだった。もう完全に尻に敷かれている感じだったよ」

その後は二度ほど遠藤と会い、出席者のリスト、スピーチをする者のリスト、タイムスケジュールなどを打ち合わせた。

「友人の結婚式に出たことも何度かあるから、段取りは大体、判っていた。二人も、細かいところはまかせると言ってくれたし」

そして当日。披露宴開始時刻の一時間前に、梅太郎は会場であるホテルに入った。ところが……。

「会場では、別の披露宴が行われていた」

「何ですって？」

「最初、部屋を間違えたのかと思った。でも、名前も場所も間違いない。日にちも合ってる。慌ててブライダルカウンターに行って、係の人にきいてみた」

「その人は何と？」

「そんな予約、入ってないって言うんだ」

「入ってない？」

「最初から、結婚式の予約なんて入っていないと。ノートも見せてもらった。たしかに、予約は入っていなかったよ」

「どういうことなんです？」

「俺の方でききたいよ。狐につままれたようなものさ。慌てて友実子さんの携帯に電話した。

そうしたら……」

「通じなかったんですね？」

「その通り。江畑さんの電話も同じ。自宅にかけても、駄目」

「二人の職場には？　連絡先くらい聞いていたんですよね？」

「休日だったせいもあるが、結局、繋がらなかった。あとで確認したら、それもデタラメだった」

緑は手つかずのカップを見つめながら、梅太郎の話を分析する。

結婚式も職場も、江畑、遠藤という名前さえもデタラメだった。梅太郎は完全に騙され、指定された会場までのこのこ出かけていった……。

他愛もない悪戯。この時点で判断すれば、そういうことになる。誰かが梅太郎に悪戯を仕掛けたのだ。落語家には悪戯好きの者が多い。何人かが組んで、小心者の梅太郎を陥れた。真打に昇進したことへの妬《ねた》みもあったのだろう。ホテルの前で途方に暮れる彼を、笑いながら見ていた者がいるのかもしれない。

コーヒーを飲み干し、梅太郎が深々とため息をついた。頬をさすりながら、何度か深呼吸をする。

「ただの悪戯。緑さんもそう思うかい？」

緑は、ゆっくりと首を振った。

「悪戯にしては、手がこみすぎています。結婚式をでっち上げるなんて、大変なことです。師匠を驚かせるためだけに、そこまでやる人がいるとは考えにくいです」

「そうなんだよ。なぜあんなことをしたのか、どうしても判らない。家に帰ってからも気になってね、夜も眠れない有様さ」

梅太郎は目をしょぼつかせる。両目の下にできた隈《くま》が、本当だと言っている。

「何か手がかりがないかと、俺なりに考えてはみた。そこで思いだしたのが、招待客名簿だ。何人かの電話番号が、そこに書いてあった。迷った末、思い切って、かけてみたんだよ。名簿の上から順番に。ところが……」

梅太郎は苦笑して言葉を切り、右掌をポンと開いてみせると、

「見当違いの場所に繋がった。安倍《あべ》ってうちにかけたのに、合田《ごうだ》靴店に繋がったり。万事がそんな調子さ」

「それもデタラメだったんですね」

「ああ。何度も何度も謝る羽目になって。ひどい目に遭った。ただ……」

「ただ?」

梅太郎の話はとりとめがなく、いつまで経っても核心に触れない。じりじりして、緑は続きを待った。

「名簿に載っている電話番号は、全部で十五軒。十軒目を超えたあたりで、さすがに嫌にな

った。気味の悪い話だけれど、とりあえず実害はなかったんだ。気持ちを切り替えて忘れよう、そんな風にも思った」

梅太郎の顔が強ばってくる。

「今にして思えば、そのときに止めておけばよかったんだ」

聞いている緑までが、心細くなってきた。店内に客はなく、マスターはそ知らぬ顔で、戸棚のカップを並べ替えている。

冷めたコーヒーを口に含み、腹に力を入れた。

「それで師匠、何があったんですか?」

「電話がね、繋がったんだよ」

「はぁ?」

「十一軒目の、山本由佳《ゆか》という人だ。半ばあきらめていたから、『はい山本です』って言われても、すぐには反応できなかった。間抜けな声をあげちまった」

「ただの偶然なんじゃないんですか? 山本さんなんて、世の中にいくらでもいます」

「そのくらいは、俺も考えたさ。だが、話を聞いてみると、間違いなく岩田町立第二小学校を卒業した、山本由佳さんだと判った。もっとも、俺のことなんてすっかり忘れていたけどな」

「それで、彼女は結婚式について何と?」

「それどころじゃなかったんだ」

「は?」

「俺が『友実子さんの結婚式についてききたい』と言っただけで、叫び声をあげた」

「どういうことですか」

「言った通りさ。叫び声をあげて、受話器を落としちまった」

「でも師匠は結婚式についてききたいと言っただけでしょう」

「俺にもわけが判らなかった。だが、ここまできて電話を切るわけにもいかないだろう。彼女が落ち着くのを待って、事の次第を話したわけだ。そうしたら、彼女、俺に何て言ったと思う?」

「さぁ……」

「遠藤友実子は、八年前に死にました」

三

三軒茶屋《さんげんぢゃや》駅前にある喫茶店。約束の時間ちょうどに、山本由佳は姿を見せた。薄いブルーのワンピースを着た、物腰の柔らかな女性であった。

緑は慌てて、テーブルに広げていた青焼きの束を鞄に戻す。牧のいない編集部、ただでさえ仕事は遅れ気味なのだ。

こんなときに……。

脳裏に浮かぶのは、緑を伏し拝む梅太郎の姿である。

『明日、山本由佳さんと会うことになってるんだけど、梅治師匠のお供で浅草へ行かなくちゃならなくなった。申し訳ないけど、緑さん、会ってきてくれないかな』

若いとはいえ、れっきとした真打。将来、名人になる素質も持っている。緑の立場としては、断るわけにもいかなかったのだ。

「お忙しいところ、すみません」

緑は立ち上がり、頭を下げた。

「いいえ、こちらこそ」

向き合った由佳の顔色は、心なしか蒼ざめて見えた。

コーヒーを注文したところで、由佳が口を開いた。

「梅太郎さんから電話をいただきました。行けなくて申し訳ない、その代わり、有能な者が行くからと。まさか、若い女性だとは思いませんでした」

牧といい師匠連中といい、私を何だと思っているのだろう。

由佳は穏やかな笑みを浮かべ、緑を見つめている。

「あのぅ、それで、いくつか質問させていただきたいことが……」

どうも調子が出ない。考えてみれば、こうした場には、いつも牧がいた。牧が的確な質問を発し、緑はただそれを聞いているだけ。

こんなところで、独り立ちの試練がやってこようとは。

緑は昨夜来、考え続けていた質問をする。

「まずは友実子さんのことなんですけど……」

その言葉を聞くなり、由佳は深々と頭を下げた。

「本当に申し訳ありません。妙なことを言って、梅太郎さんに不愉快な思いをさせたみたいで」

「は？」

「友実子が死んだってことです。あれ、本当のことではないのです」

「な、何ですって？」

「いえ、まるっきりの嘘でもないんです。その、何ていうか……」

「判るように説明していただけます？」

「友実子は、十年前から行方が判らないんです」

「行方不明……。つまり、さらわれたとか」

「いいえ。自分から姿を消したんです。高校を卒業して三年目の春でした。岩田を出ていって、それっきり」

十年前に失踪したのなら、法律上は既に死亡したと見做される場合もある。「まるっきりの嘘でもない」とはそういうことか。

「警察には届けたんですか？」

「ええ。お父さんが。でも失踪したというだけでは、何もしてくれないみたいで」

「友実子さんは、自分から家を出られたとおっしゃいましたね。何か理由があったのでしょうか」

由佳の表情が曇った。

「本来、人に話すべきことではないのでしょうが」

そう言って、目を伏せる。

今から十年前。梅太郎と同級生というのだから、当時、二十一歳。二十一の女性が故郷も家も捨てて失踪するなんて、いったい、どんな理由があるのか。

「原因は、友実子のお父さんにあるんです。友実子のお母さんは、高校一年のときに病気で亡くなって。それ以来、友実子、学校に通いながら、家事も全部やっていました」

朧げになりつつある記憶を、一つ一つ取りだしながら語っているのだろう。由佳の言葉は途切れ途切れで、とりとめがない。

「でも、お父さんはその後、お酒を飲むようになって……」

酔って友実子に暴力を振るう、会社はクビになる、警察沙汰は起こす。

「友実子、本当は大学に進学するつもりだったんです。成績も良かったし。でも、それも駄目になって」

「彼女は地元で働いていたんですね？」

「ええ。高校卒業と同時に。小さな鉄鋼会社の事務員でした。私は宇都宮にある短大に入り、その後東京で就職しました。岩田にもあまり帰らなくなって。そんなときです、友実子がいなくなったのは」

「前後の状況というのは、判ります？」

「状況も何も。ある夜、ぷいと家を出ていってそのまま戻らなかったそうです」

「身の回りのものや何かは？」

「全部、置いてあったとか」

由佳は小さくため息をつく。

「地元の人は、友実子に同情していました。お父さんはあちこち尋ねて回ったそうですが、あまり相手にされなかったみたいです」

「お父さんはその後？」

「町にもいられなくなって、出ていったそうです。昨夜、それとなく実家の母にきいてみたのですが、どこでどうしているか、誰も知らないようです」

緑はうなずくしかなかった。まさに転落の人生だ。それにしても、親子共に行方不明とは、あまりにも悲惨である。

由佳はコーヒーで喉を湿らせると、

「そんな事情があるものですから、友実子の結婚式と聞いたときには、びっくりしてしまって」

「でも、どうしてもう死んでいるなんて?」

由佳はここでまた逡巡を見せた。こうしたときの対応はただ一つ。黙って待つことだ。

数秒の沈黙の後、由佳は言った。

「今から二か月くらい前になりますけど、知らない人から電話があったんです。友実子について教えてほしいって」

「男の声で?」

「はい。何だかおどおどした調子で、変な感じでした。こちらから名前を尋ねると、切ってしまいましたけど」

「それが、二月前……」

「はい。そんなことがあったもので、梅太郎さんのときもちょっと警戒してしまって。それで、もう死んだなんて言ったんです」

電話口で蒼くなる梅太郎の顔が浮かんだ。由佳は上目遣いに緑を見ると、おずおずと切りだした。

「それで、何か判ったのでしょうか。結婚式のこと」

「いいえ、それがまだ何とも」

「どういうことでしょう。梅太郎さんのところに現れた女性は、やはり友実子なんでしょうか」

立て続けに質問されるが、答えは一つも見つかっていない。梅太郎から話を聞いたのが昨日。まだまだデータが不足している。

編集長ならどうするだろう？

牧なら、今あるデータから、結論を導きだすのではないか。

「由佳さん、一つ、気になることがあるんですけど」

「え？」

「友実子さんが行方不明になったのは、十年前ですよね。なのにあなたは、八年前に友実子さんは死んだとおっしゃった。どういうことですか？」

由佳の目が泳ぎ、返答をためらっている。質問の順序を間違えたかと、胃のあたりに痛みが走る。

だが、由佳はすぐに口を開いた。

「八年前、岩田の人が東京で目撃しているんです。友実子を」

「間違いないんですか？」

「それは何とも言えません。夜の新宿で、遠目に見たというだけですから。見た当人も酔っていたそうですし」

「でも、貴重な目撃情報ですよね」

「一応、警察には知らせたんですけど、稲森《いなもり》さん、当時の町長さんなんですけど、不確実な情報で騒ぎたてるのはよくないとおっしゃって」

「では、その件はそのままに？」

「ええ。目撃した人も、見間違いだったかもと言いだす始末で」

東京の雑踏で、ちらりと見ただけ。どのみち、行方を探る手がかりにはなりそうもない。

「梅太郎さんから電話をいただいたとき、ふとそのことが頭をよぎって、それで……」

「八年前とお答えになった」

「はい。すみません、別に深い意味はなかったんです」

肩透かしを食わされた気分で、緑は質問を中断した。確実性に乏しく、曖昧な情報ばかり。もどかしさが募る。

「あの、緑さん……」

沈黙に居心地悪さを感じたのか、由佳の方からきいてきた。

「何か、判りました？」

「あ、いえ……」

途切れかけた集中力を、何とか取り戻す。

「もう少し質問させてもらえますか？」

「ええ、どうぞ」

「梅太郎師匠からの電話をもらったあと、由佳さんはどうされました？」

「とにかく気味が悪くなって、連絡先の判る同級生に電話をかけ続けました。二年ほど前に高校の同窓会があって、そのとき、何人かから連絡先を聞いていたので」

「それで、皆さんの反応は？」

「一様に驚いていました。でも、それ以上のことは何も」

「心当たりのある方は、いなかったのですね？」

「ええ……」

突然、由佳の目が潤み始めた。

「私と友実子は、小学校からずっと同じクラスでした。家が近所で仲も良かったんです。それが、急にいなくなって……。最初はとても心配しました。岩田に戻って、警察に行ったりしました。でも……」

由佳は鼻に手をやると、しばらく目を閉じていた。店員が、空いたカップを下げていく。微かに肩を震わせる由佳に好奇の視線を向けていた。

大きく息を吐いて、由佳は続ける。

「こんなこと言うと、冷たく聞こえるかもしれませんが、私たちの気持ちの中で、友実子のことは終わっていました。今ではもう、思い出の中にすら、残っていなかったんです」

十年という歳月は長い。友実子の失踪が過去となり、思い出となり、風化していくのは、仕方のないことだ。だが縁は、そんな慰めの言葉を口にできないでいた。

親しい友が突然、いなくなる。この気持ちは体験した者でなければ判らないだろう。

「梅太郎さんに司会を頼んだ女の人、もしかしたら、本当に友実子の幽霊だったのかもしれない」

「何ですって?」

「友実子のことを覚えている人、今では、ほとんどいなくなってしまったから。彼女、寂しかったんじゃないかしら」

由佳の目が再び潤み、涙が頬を伝った。

四

『俺、幽霊と話をしちまったんだ』

由佳と別れ、社に戻ってからも、その言葉は耳から離れない。

ボールペンを置き、緑は大きく伸びをした。牧がいないため、薄暗い編集部屋に緑一人である。青焼きはまだ三折も残っている。いつもの緑なら、とっくに終わらせている量だ。コーヒーカップに手を伸ばすが、中身は空。インスタントコーヒーのボトルも空。ついてない日は、こんなものだ。

幽霊か……。

緑は目を閉じ、遠藤友実子について考える。梅太郎に会いに来たのは、本物の友実子なのだろうか。それとも、本物の幽霊？

向かいの机に置かれた携帯電話が、突然音を立てた。椅子ごとひっくり返りそうになり、慌ててバランスを取る。

鳴っているのは、牧の携帯電話である。留守中、緑が預かっているのだ。

「まったくもう」

散らかり放題の机に手を伸ばし、電話を取る。表示されている番号は、緑の知らないものだ。噺家、寄席関係の番号はすべて登録しているはずだが。いぶかりながら、電話に出た。

妙に落ち着いた女性の声がする。

「こちら、南品川第四病院です。牧様でいらっしゃいますか」

「病院？」

「ご連絡先がこの番号になっておりまして。京敬哉《かなどめたかや》様が怪我をされ、当病院に入院されました」

「久しぶりだな」

ベッドの上に身を起こし、京が笑った。

病院の最上階にある個室。編集部屋よりも広いくらいだ。南向きの窓からは柔らかな日が射しこみ、病室とは思えない明るい雰囲気になっていた。

「ごぶさたしております」

緑が頭を下げると、京はけらけらと陽気な声で笑う。

「今日は、松の家文喬《ぶんきょう》を訪ねたんだ。一時間ばかり話して帰ろうとしたんだが、情けない、階段を踏み外してな」

京は顔を顰めながら、右足首をさする。折れてはいないが、ひどい捻挫らしい。包帯が幾重にも巻かれていた。

「文喬は大騒ぎだ。救急車を呼ぶやら、弟子どもを呼びつけて病室の手配をするやら。おかげでこの通り、上等の部屋に入れられちまった」

備えつけの戸棚には、タオルや洗面道具などが揃っている。CDの落語全集、プレーヤー、将棋、トランプ、テーブルの上には作りかけのジグソーパズルまである。

「医者の診断では、数日で歩けるようになるそうだ。そんなに大袈裟なことじゃない。あんまり騒がないでくれと頼んでおいたんだがな。まったく、余計な気を遣いやがる」

松の家文喬ほどの重鎮がこの心遣いをみせているのだ。もう少しありがたがってもいいだろうに。

「牧にも内緒にしておこうと思っていたんだ。ところが、こいつを持っていたもんでな。病院が勝手に連絡しやがった」

京がさしだしたピンクのカードには、細かい字で、牧の名前、電話番号が記されている。

「わしもこの歳だ。どこでどうなるかも判らん。どこぞで行き倒れて、引き取り手がなくても困るのでな。これを常に財布に入れている。最後の最後まで、牧のやつを煩《わずら》わせてやるつもりでな。はっはっは」

京敬哉は、今年八十九歳。先代の「季刊落語」編集長、つまり、牧の師匠である。今ではすべてを牧にまかせ、悠々自適、日本全国を放浪している。

京はカードを財布に直し、目を細めた。

「そんなこんなで、あんたにも迷惑をかけた」

「いえ、迷惑だなんて……」

「それにしても、牧はアメリカか。落語が日本を飛びだして外国に行くなんて、わしの時代には想像もしなかった」

「牧の宿泊先は判っています。京さんのこと、伝えておきますので」

「余計なことはせんでよろしい。わしのことを伝えたところで、帰国するようなやつではない。もっとも、そういう風に教育したのはわしだがな」

と、また大口あけて笑う。そのパワーに圧倒され、緑は口を利くことすらできない。京は言葉を重ねる。

「師匠連中からあんたの評判も聞いているよ。よくやってるそうじゃないか」

「あ、ありがとうございます」

素直に喜んでいいものかどうか、判断がつかない。

「ところで緑君、最近、面白い話はないかな。坐っているだけというのは、どうにも退屈でな」

入院してまだ一日も経っていない。先が思いやられる。

「少しお休みになった方が、いいのではないですか」

そう言って緑は、窓の外に目をやった。右隣は雑居ビル、左は中学校、裏手は一般住宅。見えるものといえば、すすけたビルの外壁に、風雨にさらされた住宅の屋根ばかり。

殺風景な光景に、思わずため息が出た。少し前、緑は牧と共にこの辺を歩いた。松の家文喬の後継者にまつわる謎。文喬の自宅近辺を見て回ることで、牧は謎を解き明かしたのだ。

梅太郎からの相談に、京の怪我。牧が留守をしている間も、次々と問題が起きる。自分一人で対処するのも、そろそろ限界だ。

早く戻ってきてくれないかな。

ふと、そう考えている自分に気づく。振り向くと、悪戯小僧のような目つきで京がこちらを見ていた。

「何か抱えているようだな」

見透かされている。何しろ相手は、牧の師匠なのだ。

緑は背筋を伸ばし、京に向き直った。

「京さん、面白い……というより、気になる話があります。聞いてくれますか」

緑が話し終えるまで、京は一言も口を挟まなかった。腕を組み、薄く目を閉じ、じっと耳を傾ける。

静寂の中、はるか遠くにブラスバンドの演奏が聞こえてくる。中学生が練習しているのだろうか。全体の響きが、ひどくぎこちない。

トランペットが大きく音を外したところで、京は目を開いた。

「まったく、梅太郎も胆っ玉の小さいやつだ」

「でも、相手は幽霊ですよ」

「おまえさん、本気で信じているのかい？　楽屋に現れたのが幽霊だと？」

「そういうわけではないですけど」

「第一、その友実子という女性は失踪中なんだろう。だったら問題は簡単だ。梅太郎のところに来たのは、本人だ。ただそれだけの話。めでたしめでたし、というのはどうだ？」

「めでたくないです。式は幻だったんですよ？」

「直前で中止になったんだろう。世間体を考えて、初めからなかったことにしてくれと、ホテル側に頼んだのかもしれん」

「それでも、梅太郎師匠には連絡してくるはずです。それに、十年間失踪していた人が、どうしてそんな派手な結婚式をするんです？　たとえ結婚するにしても、もっとひっそりやるんじゃありませんか？　すべてがちぐはぐです」

京は満足そうにうなずいた。

「よしよし、一応、頭は回っているようだ」

「な、何ですって？」

牧が帰ってきたみたい……いや、その上をいくかもしれない。

「失踪したのは、二十一のときだったな。その年齢となると、男関係も気になる。そもそも、彼女は身の回りの品をすべて置いていってるんだろう？　となると、手助けしたやつがいると考えるべきだろうな」

「それが、恋人か何かだと？」

「そんなこと判らんよ。友実子を捜しだしたら、きいてみるんだな」

「捜しだしたらって、京さん、彼女の居所が判るんですか」

京は無言で、謎めいた笑みを浮かべた。緑は言葉を待つが、いつまで経っても口はへの字に結ばれたまま。牧の師匠だけあって、一筋縄ではいかない。摑み所のなさは、牧以上だ。

「教えてください。何がどうなっているのか」

「何言ってやがる。人にきいてばかりいないで、少しは自分で考えろ」

堪忍袋の緒が切れた。言うべきかどうか迷っていた仮説が、自然と口を衝いて出る。

「友実子さんの件と今回の件は、本当に繫がりがあるのかどうか。まずそこから考えるべきだと思います」

「ほう」

「友実子さんという存在に視線がいきすぎていると思うのです。たしかに友実子さんの失踪については謎が多い。ですが、必ずしも今回の一件と関わりがあるとは限りません」

「つまり、友実子の側から考えるのではなく……」

「梅太郎師匠の側から考えるべきなのではないでしょうか。これは師匠を陥れるために仕組まれたこと。友実子さんの名前が使われたのは、偶然に過ぎない。そう考えると一応、筋は通ります」

「だが、それにしては手がこみすぎていると、おまえさんは否定した」

「それは単なる悪戯と考えた場合です。もっと深い悪意があったとしたらどうでしょうか」

「師匠の梅治だな」

「はい。梅治師匠は司会などのアルバイト業を、固く禁じています。もし今回の一件が梅治師匠の耳に入ったら、どうなるでしょう」

「まあ、どやしつけられるだけでは済まないな。下手すりゃ、破門だ」

「それを狙っている者がいたとしたら？」

「梅太郎に司会のアルバイトをさせ、それをネタにやつを追放しちまおうって魂胆だな」

「はい。そのために、幻の結婚式を仕組んだんです。友実子さんは偶然、名前を使われただけで」

「面白い意見だな」

京は興味を示した。緑は得意になって、

「梅太郎師匠は、親の都合で小中学校を転々としていました。となれば、同級生の印象も薄い。別人が同級生だと名乗っても、騙せる確率は高いでしょう」

「では、犯人はなぜ友実子を選んだのだろう？」

「え？　ですから、それは偶然……」

「言い方を換えようか。犯人は、どうやって友実子が梅太郎と同級であったことを知ったんだ？」

「学校に問い合わせたか、岩田の誰かにきいたか……」

「それだけの調査をしたならば、友実子が現在失踪中であることも、犯人は知ったはずだ。どうして、そんな者の名を使ったのだろう。事が大きくなるばかりじゃないか」

京の追及は容赦がない。

「そもそも、梅太郎が岩田にいたことを知っている者は少ないぜ。卒業したのならともかく、数か月いただけだろう。まあ、同じ噺家であれば、酒の席か何かでたまたま聞いたとも考えられるが」

ここに至って、緑は自説をあきらめざるを得なかった。

残るは、犯人もやはり岩田町の出身であり、梅太郎や友実子のことを知っていた、とする可能性だ。

だが、動機の面を検討すると、これも捨てざるを得ない。

もし、梅太郎追放を狙って今回の件を仕組んだとすれば、犯人はそのことによって利益を得る者になる。同じ梅治一門に籍を置き、しかも梅太郎と出世を争う者。その数は、片手で足りるほどだ。緑の頭の中にも、顔と名前がインプットされている。だがその中に、岩田と縁のある者はいそうもない。

「わしもその可能性は考えてみたさ。だがな、そんなことをして梅太郎を追放できても、すぐにネタが割れちまう。やるならもう少し、うまくやらないとな」

緑はがっくりと肩を落とした。閃きに酔いすぎたようだ。

「まあ、そうがっかりすることはないさ」

慰めにもならない明るい調子で、京は言う。

「ところで、由佳という女性から、友実子の写真は借りてきたんだろうな」

その点、抜かりはない。

「高校時代のものですが、一枚借りました」

「まずは、その写真を梅太郎に見せることだな。やつは今、どうしている？」

「夕刻までは、自宅で独り稽古をしていると言ってましたが」

「電話しろ。ここに呼ぶんだ」

五

「初めまして、鈴の家梅太郎と申します」

京に、梅太郎は深々と礼をした。

慌てて出てきたのだろう。トレーナーにジーパンという、まったくの普段着である。梅太郎の様子を無遠慮に眺めた京は、ニヤニヤ笑いを浮かべて、

「梅治師匠推薦の真打ってのは、おまえさんのことか」

「恐れ入ります。妙なことに巻きこまれてしまい、お恥ずかしい限りです」

「恥ずかしがる前に、確認してもらいたいものがある」

「は？」

「その写真を見ろ」

梅太郎は言われるがまま、写真に目を落とす。

「何ですか、これ」

「友実子だ」

「はぁ？」

緑は横から説明を加えた。

「この人が遠藤友実子さんです。先日、師匠を訪ねてきたのは、この女性ですか？」

写真を一瞥し、梅太郎はぱちくりと目を瞬いた。そして、写真を放り投げた。

「感じは似てますけどね。まったくの別人です」

「つまり、俺は騙されたと？」

落ち着きを取り戻した梅太郎は、京と緑を交互に見た。

「おまえさんが会った友実子は、偽者だ。加えて言うなら、彼女が死んだっていうのも、ちょっとした間違いだ。おそらく、彼女は生きているぜ」

「しかし、なぜ？　なぜ、俺に対して、そんな手のこんだことを？」

「そこが問題だ。思い当たることはないか？」

梅太郎は大きく首を左右に振った。

「真打になって、悪戯をされたりはしました。でも、取るに足らないことです。楽屋で無視されたり、羽織の紐がなくなったり」

まるで小学生の意地悪だ。呆れる緑に、京が鋭い目を向けてきた。

「やはり、梅太郎に対する悪戯とは考えにくい。緑君、今一度、友実子の側から考えてみよう。さて、どこから始める？」

意地の悪い試験官を前にしているようだ。

「一つ目の手がかりは、新郎です」

京の顔に満足げな笑みが広がる。第一関門はクリアしたらしい。

「友実子さんが偽者だったとするなら、一緒に楽屋に来た新郎もまた、偽者だったということになります」

緑は梅太郎にきいた。

「新郎の人相を詳しく言えますか？」

答えたのは、梅太郎ではなく京だった。

「中肉中背。髪は短く整え、紺もしくはグレーのスーツ。眼鏡をかけていて、髭その他、目立った特徴はなし。そんなところだろう」

梅太郎が目を見開く。

「どうして判ったんです？」

「男は女の影だ。とにかく目立ってはいけない。なるべく印象を薄くするよう努めたはずさ。打ち合わせ中も、ほとんど口を利かなかっただろう」

「ええ。無口な人だなと思ったくらいですから」

「結婚式ってのは、ほとんどが女性中心に進められる。男が目立たなくてもおかしくはない。そのへんの読みもあったんだろうな」

京の頭には、何らかの推理が着々と組み立てられているらしい。後れを取ってはまずいと、緑は疑問を口にした。

「それならどうして打ち合わせの度に顔を見せたのでしょう？　目立ちたくないなら、来なければよかったのに」

梅太郎は首を捻りながら言う。

「司会を頼む人間に新郎を紹介しないなんて、それはいくら何でも不自然でしょう。本番が初顔合わせなんて、聞いたこともない」

「でも、端《はな》から披露宴を開くつもりはなかったんですよ」

「あ……」

「これは最初から仕組まれたものです。だから、会場の予約も入っていなかった。それなら、新郎役の男性を連れてこなくてもいいはずです。用ができたとか、適当に用事を作ってもいいでしょう」

「それはそうだが……」

「見張ってたんじゃないか」

京のつぶやきに、緑と梅太郎は同時に声をあげた。

「見張っていた？」

「女がきちんと芝居をしているか、傍で見張っていた。そういう仕掛けじゃないかと思ってな」

「でも、それって……」

「首謀者は女じゃない、男なんじゃないか」

思いこみという盲点を衝かれた。行方不明の友実子、さらに結婚式という場。梅太郎に連絡してきた女にばかり目がいっていた。

「すると、雇われたのは、新郎ではなく友実子さんの名を騙った女性の方？」

「まだ断定はできないさ。そういう考え方もできるってことだ。で？　おまえさんの考えついたことってのは、それで全部かい？」

「いえ、もう一つあります。山本由佳さんです」

「電話が繋がった女性だな」

「ええ。どうして、彼女の電話番号だけが本物だったんでしょうか。ここがよく判らないんです。ただの偶然か、手違いか」

「それが、相手の狙いだったのかもな」

「え?」

「おまえさんが梅太郎の立場だったらどうする? 招かれた披露宴に行ったところ、そんな予約はないと言われた。おとなしく帰ってくるかい?」

「いえ。あちこちに連絡して、どういうことか尋ねると思います」

「梅太郎もそうした。そして、山本由佳に行き当たった。どうだい? 答えが見えてこないか?」

緑は梅太郎と顔を見合わせた。お互い首を捻るばかり。京は辛抱強く、答えを待っている。教えるつもりはないとみえる。

梅太郎は早々にあきらめたようだ。京の視線は緑一人に注がれる。

ここで降参するわけにはいかない。牧なら、編集長ならどう考えるだろう。わずかに見え始めた光に、神経を集中する。

閃いた。

「そうさせるため……」

京の左眉がぴくりと動いた。

「続けて」

「山本由佳さんに連絡させたかった。そして、友実子さんのことを尋ねてほしかった……」

梅太郎がポカンと口を開ける。

「そ、そんなことが……?」

「師匠が由佳さんに電話することを、犯人は望んでいたんです。だから彼女の番号だけが本物だった」

「いったい、何のために?」

「ですから、友実子さんのことを彼女に伝えたかった。これを仕掛けた犯人は、友実子さんが結婚するという事実を、誰かに伝えたかった。そのために、師匠を利用した。そういうことではないでしょうか」

「いい線をいってる。だがなぜだ? そんなことを伝えて何になる? しかも、結婚式自体が嘘なんだぞ」

「そこまでは、判りません」

正直に言うしかない。

「今度は、由佳の身になって考えてみよう。失踪し死んだとさえ思われている同級生の結婚式が行われる。その出席者名簿に自分の名前がある。そんな連絡を受けたら、どうするか」

「他の同級生に連絡を取るでしょう」

「そうだろうな。現に由佳もそうしている。それが、犯人の目的だったとしたら」

京の目が怪しく光る。

「友実子が生きていて、結婚式を挙げようとしている。その事実は同級生の間にじわじわと広がっていく。事の真相は誰にも判らない。それこそが、犯人の目的だったのではないか」

大儀そうに体の向きを変えながら、京は言った。固定された右足が鬱陶しいらしい。

梅太郎は口を半開きにしたまま、京の顔を見る。

「それで、それでどうなります？」

「何？」

「噂が広がって、どうなるんです？」

「そう結論を急ぐものじゃない。ここでもう一つの疑問。なぜ、おまえさんだったんだ？」

「へ？」

梅太郎は自分を指さし、首を傾げる。

「どうして、犯人はおまえさんを使ったんだろうな。同級生は他にもいるだろうに」

「俺が転校したからじゃないですか？　一緒にいた時間が短い分、同級生の記憶も薄い。偽者でも騙せるんじゃないかって。まぁ、その通りになりましたけど」

梅太郎は頭を掻く。

「そんな単純なことではないんだ。いいかい、犯人の目的は、友実子が生きていることを同級生たちに知らせることにあった。それなら、他にもやりようがあっただろう。誰かの家に手紙をだすのもいい、電話をかけるのもいい。その方がよっぽど効果があるぜ」

「それはそうですけど……」

「わしはね、犯人がわざわざ、おまえさんを選んだと思うんだ」

「俺を?」

「ああ。そんなこだわりを感じてしまうんだな」

「でも、俺のどこにそんな……」

「『子別れ』だよ」

「へ?」

「おまえさんの十八番。大向こうを力業で唸らせる、『子別れ』だ」

目をぱちくりさせる梅太郎。

「さっぱり意味が判りませんが」

二人のやりとりを聞きながら、緑は京の考えを手繰る。

梅太郎と「子別れ」。先日テレビでも放送されたほど、評判を呼んでいる。その演目と、今回の事件との繋がりは……。

考えるまでもない、友実子そのものだ。熊五郎の浮気に激昂し、家を飛びだす女房。そのイメージは友実子に重なる。

「京さん、もしかして……」

「友実子の父親は、今頃どこでどうしているんだろうな」

高座があるからという梅太郎を先に帰し、緑は京と向き合っていた。窓の外は、夕暮れの気配を見せている。付近の建物から、カラスの鳴き声が聞こえてきた。

そろそろ社に戻り、仕事を片づけなくてはならない。にもかかわらず、緑は席を立つことができなかった。

「今回の件を仕掛けたのは、友実子さんのお父さんだと?」

「友実子が今どこにいるのか。父親だったら、知りたいと思うだろう」

「でも、彼女が家出したのは、父親が原因なんですよ」

「十年は長い。おまえさんだって、さっきそう言っただろう。人間は変わるぞ」

「それにしても、梅太郎師匠の一件と友実子さんの居場所。一つに繋がりますか?」

「犯人は友実子の居所を知りたい。だが、何も手がかりはない。ならば、友実子の方から出てくるように仕組むしかないだろう」

「一連の事件が、それだと?」

「友実子の失踪が独力で行われたとは考えにくい。おそらく、協力者がいたはずだ。それが誰であるかは、この際、問題じゃない。ともかく失踪は成功、友実子は父親と縁を切ったわけだ。だが、そこで安心はできない」

「いつ何時、捜索の手が伸びてくるか判りませんからね」

「そう。気持ちとしては、逃亡者のようなものだ。とはいえ、日本全国、逃げ回りながら暮らすわけにもいかないだろう。犯罪者ではないんだから」

「そうですね。それでは岩田を出た意味もありません」

「となれば、友実子たちが一番気にするのは、何だと思う？」

「父親の動きでしょう」

「その通り。当然、故郷である岩田町の情報を得ようとする」

「でも、どうやって？　友実子さん本人が岩田をうろうろするわけにはいきませんよ」

「岩田に情報源を確保しておけばいい。ある程度信用のおける、口の堅い人間をな。例えば、町長とか」

友実子の目撃騒ぎ。それをたしなめたのは、町長であったという。

「ということは、あの目撃談は本当のこと？」

「その可能性は高い。日本がどれだけ広かろうと、そういう偶然はある。人ひとりが完全に存在を消すことは、結構難しいものだぜ」

京のつけた道筋が、緑にも理解できてきた。

友実子の偽者を仕立てた犯人は、岩田にいる友実子の情報源に向け、今回の一件を発信したのだ。

「友実子さんの結婚式。その噂は、同級生たちから、徐々に岩田の町に広がっていきます。やがて、稲森氏の耳にも入る」

「稲森はすぐに友実子たちに連絡を取る。本人にしてみれば、居ても立ってもいられないだろう。気味が悪くてな」

「誰が仕組んだことなのか、突き止めようとするはずですね」

「そこさ。噂の発信元として梅太郎を間に挟んでいる。それ以上は手繰りようがないってわけだ。となれば、友実子たちはどう出る？」

「梅太郎師匠に会って事情をきこうとするでしょう」

「つまり、犯人は友実子たちをいぶりだすことができるわけさ。あとは梅太郎を見張っていればいい」

緑は時計を見る。午後五時前。

「師匠に連絡しないと。友実子さんたちがコンタクトを取ってくるかも……」

「慌てるな。コンタクトしてくるといっても、明日くらいだろう」

「それじゃあ……」

「大丈夫だ。そんなに慌てなくても、大事にはならないよ。仕組んだやつは判っている」

「え……?」

「判らないか?　ヒントはあったぜ」

思わせぶりな言い方、人を試すときに見せる悪戯小僧のような顔、どれも牧そっくりだ。牧もこの人に鍛えられたのだろう。もっとも、修業中の牧の姿など想像もできないが。

緑は今までの過程をさらってみる。梅太郎の許に現れた男女。そして友実子という存在。犯人はなぜ、梅太郎を使ったのか。

京の言う通り、犯人が友実子の父親であれば、合点はいく。梅太郎が在籍していたとき、彼も同じ岩田にいたのだから。

しかし、岩田を出てからの行方は判っていない。捜す相手、捜している相手、共に行方不明。こんなケースは初めてだ。

にもかかわらず、京は犯人が判るという。それは……。

緑はいったん思考を止める。

京は病室から一歩も出ず、緑からの情報だけで推理を進めた。真相に至るスピードは、牧以上かもしれない。そのような芸当がいかにしてできたのか、一つの考えが緑の頭に浮かぶ。

京は情報を基に推理を組み上げたのではない。最初から犯人が判っていて、そこに情報を当てはめていったのではないか。

となれば、京の言うヒントは、話の発端にある。

発端は、男女が楽屋に梅太郎を訪ねてきたこと。

その日は円幕師匠が肺炎になり、梅太郎の代演が急遽決まり……。

「あっ」

「気がついたか」

「偽の友実子さんたちが楽屋に来たのは、梅太郎師匠が代演した日です」

「そうだ。あの日、梅太郎は浅草にいるはずだった。それが急遽、如月亭に出演した。それは、ごく一部の関係者と席亭以外は知らなかったことだ。にもかかわらず、偽者たちは、如月亭の楽屋に来た。どういうことだと思う?」

つまり、偽の友実子たちは演者変更を知っていたことになる。

あのバタバタした一日。変更を知っていた者は、当人と席亭など数人の寄席関係者。犯人はその中にいるということか。

「それはあり得ないと思います。その人たちのことなら、私もよく知っています。友実子さんと関係がありそうな人は……」

「いや、もう一人いるだろう」

「え?」

「変更を一番に知らせなければならない場所に」

緑はしばし黙考する。あの日の席亭の行動はどうだったか。演者の変更、まずは……。

「パンフレット」

「そうだ。パンフレット、ポスター、すべて変更しなければならない。上からシールを貼るにしても、結構な作業になる。席亭は、一番に出入りの印刷屋と相談する」

「守山秋朗！」

「やつなら、梅太郎がどこに出演するか知っていたはずだ」

「彼の会社には、君原光司という若い従業員がいます。彼ならば……」

髪形を変え、眼鏡をかけ、変装することも可能だ。寄席に出入りしているとはいえ、噺家と直接顔を合わせる機会は少ない。面と向かっても騙し通せるだろう。

「わしが気になるのは、守山よりその君原だな。娘と別れることになったのは、いわば身から出た錆。今さら娘と会おうなんて、守山が考えるとは思えん」

緑は慌てて腰を上げた。

「梅太郎師匠と相談して、君原を当たってみます」

「緑君」

京の目がいつになく厳しいものになった。

「おまえさん、どうするつもりだい？」

刺すような視線の向こうに、牧の顔がだぶって見えた。

「まだよく判りません」

「何？」

「だから、少し考えてみます。編集長ならどうするだろうかって」

京がニヤリと笑う。

「牧もいい弟子を見つけたようだ」

六

新宿高層ビル街にあるホテルのロビーに併設された喫茶店で、緑はコーヒーを飲んでいた。人の動きが一段落する昼下がり。回転ドアを抜け、老人と若者がロビーに入ってきた。守山秋朗と君原光司だ。

守山は杖をつきながら、一歩一歩、足許を確かめるように進んでくる。そんな守山を、君原は心配そうに背後から見守る。

壁際に置かれた三人がけのソファ。守山はその右端に腰を下ろした。杖を脇に置き、やれやれと大きく息を吐く。

君原はその傍を離れ、喫茶店に入ってきた。ぐるりと店内を見渡す。目的の人物を発見できず、首を傾げる。もう一巡。緑と目が合った。

微かに浮かんだ驚愕の表情。だがそれも、すぐに消えてなくなった。すべてを覚《さと》ったようだ。彼は早足で近づいてくる。

「あなたでしたか……」

「ごめんなさい。梅太郎師匠はいらっしゃらないの」

君原は下唇を嚙んで立ちすくんでいたが、やがて、

「坐ってもいいですか？」

向かいの席を指さした。

「どうぞ」

席につくと同時に、店員が注文を取りに来た。

「コーヒーを」

その声は掠れていた。

「師匠が言っていたわ。気にしていないって」

「梅太郎師匠からここへ来るようにって言われた時点で、覚悟はしていたんです。本当に申し訳ありませんでした」

「別に謝らなくても……」

「俺、社長に一目、娘さんを見せてあげたかったんです」

「守山社長は、やっぱり……」

「親父さん、いや社長は関係ないんです。俺が一人でやったことだから」

「だから、責めるつもりはないの。師匠だって、本当に気にしていないのよ。ただ、一つだけきいてきてくれって、頼まれたことがあるの」

「何です?」

「『子別れ』よ。今回のことに、師匠の十八番、『子別れ』は関係しているの?」

君原はため息をついて、小さく頭を振った。

「かなわないな。それもお見通しか」

「それじゃあ……」

「はい。師匠の『子別れ』を聴いたのが、直接の引き金になりました。何としても、娘さんに会わせてあげようって」

「子は鎹」

「そう、子は鎹」

君原は白い歯を見せて笑う。

「友実子さんの偽者、あの人はどこで見つけてきたの?」

「事務の女の子です」

「事務って、守山印刷の?」

「はい。本物の友実子さんとは顔かたちも違うけど、師匠、気がつきませんでした」

「それはそうよ。あなたの変装を、見破れなかったくらいだもの」

「本当は彼女一人に行ってもらうつもりだったんです。でも、一人じゃ無理だって泣きつかれて」

「じゃあ、今回の件は、会社ぐるみで?」

「ええ。最初に気づいたのは俺なんですけど。親父さん、酔っぱらうと娘さんのことばかり話すんです。俺はひどい親だ。あれだけのことをして娘をなくしても、まだ酒が止められないんだって。いつも泣いてました。だから俺、気になって調べたことがあるんです」

「それで、友実子さんのことを知ったのね」

「親父さんが昔、どういうことをしてきたかも」

「岩田から逃げてきた人が、どういう経緯で印刷会社の社長になったのかしら」

「入社して日が浅いから、よくは知りません。会社の先代社長は身寄りがなくて、亡くなる前に、親父さんに経営をまかせたそうです。多分、過去のことも全部知った上で。親父さん、酒さえ飲まなければ凄くいい人だから、皆、応援してくれたみたいなんですよ」

社長として、大いに人望があるのだろう。今回の一件を見ても判る。

緑は最も気になっていることを尋ねた。

「社長さん、お体の具合が?」

君原の表情が沈む。

「もう、長くないんです。肝臓が悪くて」

「そう。だから……」

「何とか、友実子さんの顔を見せてあげたくて」

緑はロビーの守山を見やる。背もたれに体を預け、往き来する人々にぼんやりと目をやっている。

君原は寂しげに笑った。

「うまくいくと思ったんだけどな」

「うまくいったわよ」

「え?」

「ほら」

回転ドアを抜け、ジャケットを羽織った女性が姿を見せた。

「あの人が何か?」

「実は昨夜、梅太郎師匠のところに電話があったの。結婚式のことについて、ききたいことがあるって」

「え……」

「私が師匠に頼んだの。このホテルで会う約束をしてくれって。それから、あなたがたに連絡してもらったの」

「そ、それじゃあ……」

女性はフロントの前を通り、まっすぐ店に向かってくる。ソファに坐る守山には気づきもしない。

当の守山といえば……。

先刻までのぼんやりとした表情は消し飛んでいた。両手で膝頭を摑み、女性の背中を睨んでいる。

女性は店に入ってきた。店内を見回す。先ほどの君原と同じ行動だ。彼女の目に失望の色が広がった。店員の一人が寄っていく。席に案内しようとするのを断り、彼女はゆっくりとロビーに戻った。バッグから携帯電話を取りだし、しばしそれを見つめる。

梅太郎にかけようかと迷っているのだろう。

やがて携帯をバッグに戻し、歩き始めた。迷いのない足取りで回転ドアに向かっていく。ソファの守山の視線は、釘づけになったままだ。それでも、女性は気づかない。彼の前を通り過ぎた。

守山が目を閉じた。膝が震えている。微かな動きが伝わったらしく、脇に置いてあった杖が倒れた。床はカーペット。音はほとんどしない。

それでも、女性は立ち止まった。ゆっくりと振り返り、倒れた杖を見る。

体の向きを変え、かがみこんだ。杖を取り、顔を上げる。
二人の目が合った。

へそを曲げた噺家

一

「松の百拾番、一番に当たれば千両だよ」

細い両目を見開いて、華駒亭番治《はなごまていばんじ》は尖った顎を引いた。

「へえ、こいつが千両にねえ。一つ、神棚に上げて拝むとするか」

浅草阿部川町に住む幇間《ほうかん》の久蔵《きゅうぞう》。酒で旦那をしくじり、目下、出入禁止の身の上である。することもなく表をぶらついていると、店の前で呼び止められた。

「久蔵さん、久しぶりだね。俺はここに店を開いて富くじを売っているんだ」

富くじとは、今でいう宝くじのこと。一等が千両の「千両富」であれば、一枚一分《ぶ》で買えた。突留《つきどめ》が千両、二番富が五百両、中富が三百両、二百両、百両と続く。

一枚買った久蔵。千両を夢見て、神棚に札を納め、手を合わせる。さてその夜、横山町で半鐘《はんしょう》が鳴る。

「横山町といえば、この間しくじった越後屋のある場所だ」

起き上がって算段をする。火事を聞きつけ、いの一番に駆けつければ、またお出入りが叶うかもしれない。寒風吹きつける中を、久蔵は懸命に走る。

折しも、火は越後屋に迫ろうとしていた。

「おまえは久蔵、よく来てくれたな」

久蔵の心意気に感動し、旦那は出入りを許す。

「あっしが来ましたからには、もう大丈夫で」

張り切る久蔵。荷物を運びだそうとするが、重くてどれも動かせない。

そうこうするうちに火事は方角を変え、やがて鎮火する。

ホッとしたのも束の間、今度は火事見舞いの応対に追われることに。

「旦那、ご本家からお見舞いを頂戴しました。こちらはお重詰め、こちらはお酒が二本。一本には燗《かん》がついているようですが」

「そうか。では、なおしておきなさい」

「はあ……、さようで。あっ池田屋さん。どうもこの度は……。旦那、ご本家からお見舞いを頂戴しました。こちらはお重詰め、こちらはお酒が二本。一本には燗がついているようですが」

「では、なおしておきなさい」

「はあ……。これはこれは、三河屋さん。どうもあいすみませんでございます。旦那、ご本家からお見舞いを頂戴しました。こちらはお重詰め、こちらはお酒が二本。一本には燗が……」

「同じことを何度も言うんじゃないよ。飲みたいのか？　だがな、おまえは酒でしくじった身なんだ。飲みすぎちゃいけないよ」

「それは承知しております。ただ、もう無我夢中で駆けだしてきたもんですから、どうにも寒くって」

酒を飲み始めた久蔵、酔いが回って寝てしまう。

しばらくすると、また半鐘の音。今度は安部川町、久蔵の家の方らしい。

トロンとした番治の顔が、さっと真顔に返る。太い眉を段違いにして、えらの張った顔を前に突きだした。

「旦那、うちの方が火事だってのは、本当なんですかい？」

「久蔵、すぐに戻りなさい。だがいいかい、そんなことはないと思う、ないとは思うが、もしおまえの家が駄目だったら、他所《よそ》へなんか行くんじゃないよ。ここにおいで」

馴染みとはいえ、血の繋がりもない赤の他人である。そんな男を自分の家で引き受けようと言う旦那。人情を感じさせる一場面だ。

場内は和《なご》やかな雰囲気に包まれていた。客は皆、白い歯を見せている。

築地三丁目にある築地亭。定員九十名、畳敷きの会場は満員であった。

間宮緑はその最前列、高座から三メートル足らずのところに坐っている。マイクを通さず、地の声が聞こえる距離だ。

番治は額に汗を浮かべ、自宅へと走る久蔵を演じている。

「よいこらさ、よいこらさ」

向かい風に逆らいながら、必死になって駆ける久蔵。かじかむ手を袂《たもと》に入れ、しばしその痛みに耐える。迫真の演技に、観客の間から拍手が湧き起こった。

「よいこらさ、よいこら……」

チャンチャカチャカチャカ。思いがけない方角から、賑わしい音が聞こえてきた。日曜の夕方に放送されている長寿演芸番組のテーマ。冬の夜を駆ける久蔵のイメージが、一瞬でかき消えた。

緑だけではない、周りの客たちも、困惑の表情を浮かべ、左右に目をやっている。

携帯電話の着信音だ。

間もなく、会場中ほどに坐った男が、脇に置いた鞄の中を覗きこんだ。同時に着信音も消える。

静寂。座は白けきっていた。

緑は高座に目を戻す。

こめかみに青筋を浮かべ、番治が客席を見下ろしていた。情に厚い登場人物たちの仮面は、脱ぎ捨てられている。

番治と観客の奇妙な睨み合い。やがて、番治は無言で立ち上がった。固く口を結び、大股で上手《かみて》へと消えていく。

場内がざわつき始めた。華駒亭番治の十八番、「富久《とみきゅう》」。まだ中盤にさしかかったところである。

下座《げざ》、席亭も困惑しているのだろう。代わりの演者が登場するわけでもなく、高座には、主人をなくした座布団が置いてあるだけ。

後ろの客席から声が飛んだ。

「どうしてくれるんだ」

その一言をきっかけに、皆、めいめいに叫びだした。

「続きはどうなった」

「入場料、返せ」

そんな中、肩を丸め、小さくなっているのが、携帯を鳴らした張本人である。肩を震わせながら、じっと顔を伏せている。

「おい、あんたのせいだぞ」

隣にいた年輩の男が、立ち上がった。

「電源を切っておくくらい常識じゃないですか」

女性の声もする。

「も、申し訳ありません」

鞄を抱えたまま、男は何度も頭を下げた。

「せっかくの高座が台なしだぜ」

「どうしてくれるんだ」

助けに入る者もいない。集中砲火を浴び、男は泣いていた。

「すみません、申し訳ありません」

女性客が数人、会場から出ていった。つられるように、一人、二人と立ち上がる。男をいくら責めても仕方がない。あきらめの表情で、皆、玄関へ向かう。

「ま、こんなこともあるさ」

「番治師匠だからねぇ」

そんな声が聞こえてくる。

「それにしても、惜しいことだったなぁ」

場内は、いつしか二人だけになっていた。散らばった座布団の真ん中で、男は正座をしたままうつむいている。

緑は高座に目を戻した。誰も出てくる気配がない。

さて、どうしたものか。

高座がはねたら、楽屋で簡単なインタビューをする予定だったが、そんな雰囲気ではない。かといって、何の断りもなく帰るのもためらわれる。

迷っているうちに、高座のライトが消え、場内の清掃が始まった。

「そんなはずはない」

男のつぶやきが耳に入った。緑は小刻みに震える男の肩に目をやる。

「そんなはずはない。電源はたしかに切ったんだ」

男は何度も何度もつぶやいていた。

二

「そいつは災難だったなぁ」

ボールペンを指先で器用に回しながら、牧大路は笑った。

「本当です。お目当ての『富久』は途中で切られちゃうし」

「季刊落語」編集部は校了を明日に控え、てんてこまいだった。四つある机の上には、折ごとに綴じられた青焼きが積んである。緑はこめかみを押さえ、大きく伸びをする。

「気に入らないことがあると、高座を降りてしまう。番治師匠の噂は本当なんですね」

「若い頃はもっとひどかったらしいぜ。開演してからのこのこ入ってくる客を怒鳴りつけたり、気分が乗らないといって独演会をすっぽかしたりな」

校正作業に飽きていたのだろう。牧は話に乗ってきた。

「そんなことして、大丈夫なんですか？　昨夜のお客さんたちも相当怒っていましたけど」

「勘違いしちゃいけない。昨夜の客が怒っていたのは、携帯を鳴らした男に対してだ。高座を降りた番治師匠にじゃない」

「それはそうですけど」

「番治師匠には、押しも押されもしない芸がある。そいつを拝ませてもらうためなら、少々のことには目をつぶる。そういうことも、あるんだよ」

「でも、お金を払っているのは、お客の方です」

「そりゃそうさ。だがな、いつも言ってるだろう、落語ってのは一発限りの芸だ。その芸が立派なものなら、客と噺家の間に逆転現象が起きてもおかしくはない」

「何ですか、逆転現象って」

「『聴いてやる』が『聴かせてもらう』になることだよ。番治師匠の芸を、お金を払ってでも聴かせてもらいたい。そう考える人もいるってことさ」

今一つ、釈然としない話だ。たしかに、番治の芸は素晴らしい。一言発するだけで、聴衆は彼の創りだす世界へと誘《いざな》われる。夏の両国《りょうごく》、冬の浅草、春の向島《むこうじま》。たった一人の男が、世界を創り上げてしまうのだ。聴衆はその芸に酔い、オチと共に我に返る。

天才。そう言ってもいいだろう。

だが一方で、番治を忌み嫌う者も多い。気分屋、我儘《わがまま》。名人と呼ばれる者は芸だけではない、それに相応《ふさわ》しい人格を具《そな》えるべきだ。そう考える人にとって、番治は到底名人と呼ぶことのできない存在なのだ。

牧はペンを机に置くと、

「番治師匠だって、決して悪い人じゃない。それどころか、心根の優しい……」

控えめなノックが聞こえたのは、そのときだった。地下一階にある、常に薄暗い編集部屋。形ばかりの応接スペースはあるが、利用されることは滅多にない。まして明日は校了日である。お客など来るはずもないのだが。

「どうぞ」

緑の声に応えドアを開けたのは、グレーのスーツを着た、小太りの中年男性だ。血色の悪いその顔を見た途端、緑は思わず声をあげていた。

「あなた、昨日の……」

携帯を鳴らし、番治退場のきっかけを作ったあの男だった。

頰杖をついた牧が、ちらりと男を見る。

「どうぞ、こちらへ」

ひとまず、室内へ招じ入れた。来客用ソファ、テーブルの上にも、青焼きが積まれている。緑は大慌てで片づけ始めた。牧は見ているだけだ。

「おかけください」

緑がそう言っても、男は突っ立ったままである。今にも泣きだしそうな顔をして、両手を固く握りしめている。

この人、大丈夫なの？

「あのぅ、ご用件は？」

緑の声を聞くや、男は床に膝をついた。

「お願いします、私を助けてください」


緑が淹れた茶をすすりながら、男は深々とため息をついた。

ため息をつきたいのは、こっちよ。

緑は苦々しい思いで、向かいの男を見る。

男を立ち上がらせ、ソファに坐らせるまでに五分は経っている。この忙しいときに、いったい何者なのだろう。

緑と並んで坐る牧は、手渡された名刺に目を落としていた。

「華駒亭番治後援会会長、野田靖臣《のだやすおみ》。ほほう」

野田は頬を伝う汗をハンカチで拭った。

「本業は池袋で印刷所をやっております」

「番治師匠の後援会ともなると、かなり大きなものなんでしょうね」

「はい。名簿上は百人を超えます」

さすがは番治だ。一ケタ違う。

「近頃ではファンクラブというものがいくつもできまして、もっと規模の大きいところもございます」

改めて、番治の人気を思い知らされる。

牧は名刺をテーブルの隅に置くと、

「それで、会長さんがいったい何用ですか？」

野田は上目遣いに緑を見る。

「昨夜の一件、間宮さんは既にご存じかと思いますが」

言葉を切り、また深いため息。思いだすのもつらい、そんな様子だ。

「携帯電話の件は、間宮から聞きました。番治師匠が怒って高座を降りてしまったとか」

「あぁ」

昨夜の醜態を思いだしたのか、野田は頭を抱える。

「編集長、そんな言い方しなくても」

「番治師匠の気性は、皆の知るところだ。後援会の会長ともあろう者が、携帯の電源を切り忘れるなんて……」

野田が跳ね起きた。

「いえ、違うんです。電源はたしかに切りました。入場直前に確認したんです。それが、どうしたわけか、電源が入っていて」

「勘違いではないんですか？」

「牧さんがおっしゃるように、番治師匠の気性は存じております。ちゃんと確認したんです」

「しかし、あなたがそう言っているだけでは、どうにもならない」

「そこなんです。牧さん、間宮さん、犯人を捜していただけないでしょうか」

「犯人？」

「携帯の電源を入れた者を、見つけてほしいのです」

三

築地市場から徒歩で約五分。雑居ビルとアパートの間に、築地亭はあった。住宅街であることを配慮して、提灯《ちょうちん》も看板も最小限に抑えられている。教えられなければ、寄席であることすら判らないであろう。

観音開きの門をくぐり、牧と緑は中庭へ足を踏み入れた。石畳の左右に芝を敷き詰めた、小さくとも贅沢な佇まいである。

芝生の真ん中には、朱色に塗られたベンチが一脚。その左端に、下足番の元介《げんすけ》、通称元さんが坐っていた。

入ってきた緑たちに気づくと、右手に持っていた帚《ほうき》を高々と掲げる。

「お二人さん、こんな早くにどうした?」

時計は午前九時を回ったばかり。緑は目を瞬かせ、睡魔を追い払った。

昨夜は結局、徹夜になった。今晩中に仕事を終え、明日は聞きこみに回る。牧がそう宣言したためだ。

青焼きをチェックし、折ごとにまとめ、責了の判を押す。印刷屋に渡す封筒に入れたのが午前七時。バイク便を呼び、インスタントコーヒーを一杯飲むと、牧はここ築地亭にやって来た。

牧の目的は何なのか。そもそも犯人を見つける方法などあるのだろうか。

まず手がかりが何もない。会場にいた客全員に話を聞くことはできないし、携帯の指紋を調べるわけにもいかない。

唯一の手がかりは、問題の電話をかけてきた主である。だが、着信履歴には「非通知」の文字が残っているだけだった。

牧はベレー帽を取ると、元さんに向かっていく。緑は黙って、その後ろについた。

「ゆうべは一睡もしていなくてね」

「おまえさんの用事というのを、当ててみせようか」

「判るかい？」

「番治師匠の件だろう。一昨日の夜、大騒ぎだったもんな」

「さすがは元さん、と言いたいところだが、野田の親父に入れ知恵したのは、ほかならぬあんただろう」

元さんは悪戯小僧のような笑みを見せ、帚を持ち替えた。

「さてね。何のことだか」

「せいぜいとぼけてるんだな。今に緑君の雷が落ちるぜ」

元さんが「おっ」と声をあげ、緑を見た。ここぞとばかりに、緑は嚙みつく。

「元さんのおかげで、こっちは大変だったんですよ。今日は校了日で、一番忙しいときなのに……」

牧が口を挟む。

「仕事はきちんと終わらせただろう」

「十四時間のサービス残業の結果ですけど」

「嫌みを言うなよ。この埋め合わせはいつかする」

「そのセリフは聞き飽きました」

元さんが声をあげて笑いながら、

「こんなところで、漫才を始めないでくれよ。仕事にならん」

「好きでやってるんじゃないよ。とにかく、おまえさんにききたいことがあるんだ」

「おう、何でもござれだ」

「一昨日の独演会のとき、おまえさん、奥の喫煙所で野田さんと話をしたそうだな」

築地亭は客席、廊下、便所すべて禁煙である。喫煙可能な場所は、ゴミ捨て場の前にある灰皿の周りのみ。

「野田の旦那はヘビースモーカーだ。開演直前に必ず一服やりに行く」

「そのとき、他に誰がいた？」

「後援会副会長の川又《かわまた》がいたな。それと、八重駒《やえごま》がいたよ」

八重駒は、今年三十五になる番治の弟子である。真打になって三年。今回の独演会では師匠の世話、下座などを担当していたらしい。

「あいつ、また吸ってたのか」

八重駒の煙草好きは有名だ。

「ああ。番治師匠は煙草嫌いだからな。こっそり一服やっていくのさ。バレたら破門だな」

通常、その程度でクビになることはあり得ない。だが、師匠が番治となれば話は別だ。今まで、何人もの弟子が些細なことで破門されている。

牧は灰皿に目を向ける。

「そのとき野田さんの携帯はどうなっていた？」

「鞄の中に放りこんだままだった」

「いつもそうなのか？」

「ああ。門を入るときに電源を切り、鞄に入れる。番治師匠の高座を聴くときはそうしてるんだって、よく言ってた」

「それなのに、一昨日に限って電源が入っていた……」

牧は顎に手を当て、考え始める。元さんはそれを横目で見ながら、思わせぶりな笑みを浮かべた。牧は即座に反応する。

「おまえさん、まだ何か知ってるな」

「隠す気なんてないさ。巻きこんじまった責任があるからな」

「なら、早いとこ話してくれ。これから席亭にも会いに行かなきゃならん」

「野田の親父はな、飲むんだよ」

元さんはコップを持つ仕種をする。

「飲む？　酒か」

「当たり前だ。仕事が終わった後、必ず一杯ひっかけてくる」

「すると、ここへ来たときも」

「かなり入ってたな。缶ビールでもあおってきたんだろう」

牧の目が細くなる。

「ふふん、こいつは面白くなってきたな。野田の親父は酔っていた。便所も近くなるか」

「さすがは牧さんだ。いいところを衝くね」

「煙草を吸って、便所に行ったんだだな」

「ああ。鞄をほったらかしてな。もう一つ、中入りのときは、鞄を場内に置いたままここで一服やっていた」

「開演前に楽屋へ行ったりはしなかったのかい？」

「行ったさ。師匠に挨拶して、席亭部屋にも顔をだして。ドタバタ動き回っていたな」

「そのとき、鞄はどこにあった？」

「しばらく楽屋口に放りだしてあったらしい。八重駒が困っていたよ」

黙って二人のやりとりを聞いていた緑は、呆れる思いで口を開いた。

「それじゃあ、電源を入れる機会は誰にでもあったんですね」

「そういうことだ。鞄に携帯があると知ってさえいればな」

元さんが帚を手に立ち上がる。

「野田の旦那、酒が入ると性格が変わっちまうらしい。得意先を何軒かしくじってるぜ」

「まるで久蔵だな」

「まったくだ。酒が入らなければ、真面目な男なんだが」

牧と元さんは気楽に笑っている。その横で、緑は湧き起こる怒りを懸命に抑えていた。

昨日、野田は酒を飲んでいたことを黙っていた。都合の悪いことを隠し、牧に無理難題を押しつけるなんて。それも、一番忙しい校了前日に。

「おい、いつまでも仏頂面してるんじゃない」

牧に肩を叩かれ、我に返る。

「でも編集長」

「どうせこんなことだろうと思っていたさ」

「もう帰りましょう。犯人なんて判るわけがないですよ。第一、私たちがこんなことをする義理はないんですから」

「短気を起こすなって。まだまだ、何が飛びだすか判らんぞ」

庭掃除を始めた元さんに挨拶して、切符売場のある玄関へ向かう。

「席亭の話を聞いてみよう」

築地亭の楽屋と席亭部屋は二階にある。

高座横の狭く急な階段を、牧は足音軽く上っていった。正面が楽屋への襖、右が席亭部屋に続く木戸である。

牧のノックに、「どうぞ」と返事があった。

席亭部屋は板の間の六畳。窓はなく、三方を木製のキャビネットに囲まれている。中には背の黄ばんだ本がずらりと並ぶ。『古今落語大鑑』、『円朝《えんちょう》全集』、『古典落語大系』全四巻など、今は容易に手に入らない貴重な本ばかりだ。

部屋の真ん中には、角が丸くなった木製の机が置かれ、その上では最新型のノートパソコンが、淡い光を放っている。

分厚い円《まる》めがねをかけた幸崎静男《こうさきしずお》は、大儀そうに立ち上がった。身の丈一メートル八十、体重百キロという巨体。椅子が悲鳴にも似た軋みをあげる。

「牧さん、えらく早いじゃないか」

「自宅に電話したら、こっちだと聞いたものでね」

「この四日ほど、泊まりこみなのさ」

幸崎は円めがねの位置を直し、緑を見た。

「顔色が悪いな。あんたも徹夜か？」

「はい」

「俺と同じだな」

ため息まじりにそう言うと、パソコンを閉じる。

築地亭が危ない。その噂は、今年の初め頃からささやかれていた。入場者の減少に歯止めがかからないのだ。月島商店街にある如月亭《きさらぎ》とは違い、人通りが少ない。加えて提灯などのない地味な外観のため、飛びこみの客がほとんど期待できないのだ。建物の老朽化も心配の種である。空調設備、照明器具など、後づけで凌いではきたが、それもそろそろ限界だった。昨年の夏は雨漏りに泣かされたという。

幸崎は冴えない顔つきのまま、再び椅子に腰かけた。

「今日は何用だい？　察するに、番治師匠の件だな」

「ご名答」

牧はキャビネット内の本を眺めながら、

「野田の旦那に頼まれたんだ。元さんの入れ知恵さ」

「電源はたしかに切った、そう言ってるんだろう」

幸崎は鼻の頭を掻きながら、忌々しげに言う。

「とんだとばっちりだよ。番治師匠の独演会は、うちにとってはドル箱だ。それを途中で放りだされちゃあな」

「携帯の件は野田の勘違い。あんたもそう思っているのかい？」

「根拠があって言ってるわけじゃないさ。ただ、日頃が日頃だからな。一昨夜も酒が入ってたそうじゃないか」

それに対して、牧は何も言わなかった。両手を後ろに組み、壁の額を見上げている。

「こいつは、駒平《こまへい》師匠の色紙だろう？」

額に入っている色紙には、墨で大きく「春」と書かれていた。

幸崎はため息を漏らし、

「駒平師匠は、うちがお気に入りだったからなあ。ここへ来ては、本を借りてったよ。催促しても、なかなか返してくれなくて」

「亡くなってもう一年か。早いもんだ」

華駒亭駒平。昨年、脳梗塞で亡くなるまで、番治の師匠だった人物である。

「駒平師匠が番治を引き受けたときは、さすがに驚いたよ」

華駒亭駒平と番治の師弟関係は、やや複雑なものであった。

十六歳で華駒亭駒治《こまじ》に入門した番治は、早くから名人間違いなしとの評価を受け、三十を前にして真を打った。先輩十一人を飛び越えての出世である。しかし、番治の気性は今も昔も変わらない。気持ちが乗らないと、平気で高座をすっぽかす。客に対しても文句を言う。先輩の言うことになど耳も貸さない。それどころか、逆に食ってかかる始末だ。

席亭や噺家仲間から完全に浮いてしまった番治だが、どうしたわけか人気はあった。彼が出演する寄席はいつも大入り。

芸に生きる噺家とはいえ、芸人は芸人である。客の呼べる者には頭が上がらなくなる。結局、不遜な態度を忌々しく思いながらも、番治に意見できる者は、いなくなっていったのだ。そんなとき、駒治の許から番治を引き取ろうと申し出たのが、駒平であった。

牧は当時を懐かしむように、目を細めた。

「駒平師匠も、番治師匠に負けず劣らず、変わった人だったからな」

駒平が「試し酒の駒平」と呼ばれていたことは、緑も知っていた。

「試し酒」は愛すべき酒豪の噺である。落語には大酒飲みがよく登場する。酒のために失敗をしてひどい目に遭う。それでも懲りずに酒を飲む。落語というのは、酔っぱらいに寛大な芸だと思わずにはいられない。

そうした中にあって、「試し酒」はやや趣を異にする。

近江屋《おうみや》の下男久造《きゅうぞう》は大酒飲みとして知られている。あるとき主人が、「五升飲めたら褒美をだそう」と言う。さすがの久造も、少し考えさせてくれと外へ。間もなく戻ってきた久造、一升入りの盃を五杯、綺麗に飲み干してしまう。驚いた主人は、

「恐れ入った。約束通り、褒美をやろう。ところで久造。おまえ、少し考えさせてくれと言って、外へ出ていったな。いったいどこへ行ってたんだ?」

「俺も五升の酒なんぞ、飲んだことがねえ。本当に飲めるかどうか不安だったもんでな、表の酒屋へ行って、試しに五升、飲んできた」

初めてこの噺を聴いたとき、オチの鮮やかさ、美しさに拍手も忘れ、呆然としてしまった

ことを覚えている。

華駒亭駒平はこの噺を十八番として、よく高座にかけていた。だが、彼に「試し酒」のあだ名がついたのは、そのためだけではない。

駒平は何ごとにも完璧を期す人間で、稽古をつけてもらったネタも、自分で納得するまでは高座にかけなかった。

「愛宕山《あたごやま》」を演《や》る際、実際に愛宕山に登り、山道の傾斜、路の良し悪し、疲れた人間の姿勢がどうなるのかまで研究したという。さらには、金色の紙を貼った瓦を投げ、小判がどのように映るのかを試したらしい。

「不動坊」を演る際も、自分の体を縄でくくり、天井から吊るさせた。縄目が胴に食いこみ、しばらく帯が締められなくなったのは有名な話だ。

むろん、「試し酒」を稽古する際も、五升の酒に挑戦。倒れて病院へ運ばれた。

本人は大真面目なのだが、周囲は呆れるばかり。「口入屋」を演るときには夜這いに行くのかだの、「品川心中」のときには本当に飛びこむのかなど、若手にまでからかわれる始末だ。

そんな変わり種師匠が、番治を引き取ると言いだした。もともと手を焼いていた師匠連中、これ幸いと番治を押しつけてしまった。

牧と肩を並べ、幸崎も額を見上げる。

「世間では変わり者と言われていたが、二人とも、芸のためにすべてを擲《なげう》った立派なお方さ。時代も変わったし、芸のためには女房泣かす、なんて人はいなくなっちまった。人に苦労かけて手に入れた芸に価値があるのか、なんて逆に怒られたりしてな。だが、芸人たるもの、自分の芸には命をかけるだろう。所詮、二人のようにできない者たちのやっかみさ」

「ところで席亭、駒平師匠が最後に取り組んでいたネタについて、何か聞いているかい？」

牧が話題を変えた。しばらく思案していた幸崎が答える。

「『宿屋の富』だ。楽屋で一人になると、何度もさらっていなすったよ。ただ、毎度のことさ、なかなか高座にはかけなかった。まさかあんな形で死ぬなんて、考えてもいなかったんだろう」

駒平が倒れたのは、ほかならぬここ築地亭の楽屋であった。茶を飲もうと湯のみに手を伸ばした途端、意識を失ったそうである。すぐに病院へ運ばれたものの、結局、意識を取り戻すこともなく亡くなった。

「勉強熱心な人だった。時々、うちの編集部にも顔をだしたものさ。速記本を貸してくれと言って」

「勉強を始めると他のことが見えなくなっちまうんだな。あるとき、本に一万円札が挟まってるのさ。慌てて取りだしたら、師匠に怒られた」

「栞《しおり》のつもりで入れといたっていうんだろう。うちの本もそうだったよ。映画の前売りが挟んであった」

「変わり者だったが、いい人だったな」

「まったくだ」

「師匠のために、うちも何とか頑張っていきたいんだが」

幸崎は力なく首を左右に振った。体全体から疲労が滲み出ている。

牧はただぼんやりと「春」の額を見上げていたが、

「駒平師匠と番治師匠、うまくいっていたのかねぇ」

「さあな。引き取ったといっても、あくまでも形だけのこと。親しそうにしている様子もなかったがね」

「しかし、番治師匠が独演会を開いたのは、駒平師匠の命日に合わせてのことだ。それも、わざわざここを選んで。師匠には師匠なりの思いがあったんじゃないのかな」

「そのへんについては、あんたの方が詳しいだろう」

「違いない。ところで、そろそろ本題に戻りたいんだがな。一昨夜の番治師匠の件だ」

「野田の旦那にも困ったものさ。酒は止められているんだぜ」

「そのことは聞いたことがあるな」

「番治師匠も常々心配していたんだ。あいつは飲みすぎだって」

「独演会の最中に鳴った携帯は、野田さんのものに間違いないんだな?」

「ああ。周りにも客がいたからな。それは確認している。これに懲りて、少し控えてくれるといいんだが」

「高座を降りた番治師匠なんだが、それからどうしたんだ？」

幸崎がうんざりした表情で言う。

「どうもこうもないさ。いきなりここに入ってきた。顔を真っ赤にしてな。そうして、俺に出ていけと言った」

「席亭部屋から席亭を追いだしたのか」

「そうさ。楽屋だと客がご機嫌伺いに来る。一人になりたいから、ここを貸せって」

「そのまま閉じこもったのかい？」

「ここは鍵がかかるからな。俺は仕方なく楽屋で坐っていた。まったくひどい夜だったよ」

「師匠が閉じこもっていたのは、どのくらいだい？」

「三十分ほどさ。冴えない顔して帰っていったよ。触らぬ神に祟《たた》りなし。黙って見送ったけど」

幸崎は自棄《やけ》気味に笑うと、再び机に向かった。パソコンに向かう顔には、心労からくる深い皺が刻まれている。

緑は声をかけることもできず、牧に言われるまま席亭部屋を出た。

「編集長、何とかならないものでしょうか」

階段を下りながら、緑は言った。

「何とかならないかって、何が？」

「築地亭に決まってます。このままだと……」

「俺たちの心配することじゃないさ」

「冷たいんですね」

「寄席の経営ってのは大変だ。薄給の俺たちに何ができる？」

一言もない。

「不服そうだな。だが、ここは大丈夫だよ」

「どうしてそんなことが言えるんです」

「勘ってやつかな」

牧はニヤリと笑い、緑に背中を見せた。

四

「火元はおまえの隣だ」

高座の華駒亭春駒《はるごま》が、悲鳴をあげてのけぞった。

「す、するってえと、私んちは……」

「気の毒なことをしたなぁ。丸焼けだ」

築地亭での春駒独演会初日、最後の演目は「富久」であった。番治と同じく、駒平からの直伝である。

噺はいよいよ後半へ。

焼けだされた久蔵は、かねての約束通り越後屋の世話になる。ある日ふらりと外へ出た久蔵は、今日が富の当日であることを知る。会場にやって来た久蔵、一番富が「松の百拾番」になったと聞いて、

「ひゃっ、あ……当たったたった」

腰を抜かしてしまう。口をぽかんと開け、目を白黒させている春駒。満員の場内は笑いに包まれる。

前から三列目に坐る緑も、つられて吹きだした。隣の牧も満足げな顔で高座を見つめている。

先日の番治と同じ演《だ》し物ではあるが、その印象はまったく違う。

番治の久蔵はどちらかというと小心で善良な酒飲みであった。春駒の久蔵はもっと狡猾、良く言えば人間的である。越後屋の火事を聞いて飛びだしていくときも、「こうすればお許しが叶う」との打算が強く表現されていた。お見舞いの酒を飲むくだりでもそうだ。番治の

久蔵はあっさり潰れてしまうが、春駒の久蔵はひどい絡み酒である。旦那や奉公人を散々困らせた挙句、大の字になって寝てしまう。

それでもどこか憎めない滑稽さを滲ませるところなどは、春駒の真骨頂であろうか。笑いの要素を濃くした「富久」に、華やいだ笑い声が響き渡る。

「久蔵、千両当てるとは大したもんだ。さあ、富札をだしなさい」

そう言われ、久蔵は呆然とする。札は神棚に置いたまま。火事で焼けてしまっている。札がなければ、金は受け取れない。ふて腐れた久蔵は怒ってその場を後にする。

帰り道、彼を鳶頭《とびがしら》が呼び止める。

「火事のとき、布団や釜、太神宮《だいじんぐう》様のお宮は運びだしてやったんだ。どうして取りに来ない？」

「ぎゃう」

頭の首っ玉に飛びつく久蔵。富札のことを聞いた頭も慌てて自宅へ。

かくして札は無事、久蔵の許に戻る。

「よかったなあ、久蔵。ところで、千両もらったら、おまえ何に使う？」

「へえ、太神宮様のおかげですから、方々のお払いをいたします」

何度もお辞儀を繰り返す春駒。ゆっくりと幕が下りる。

客の大半が会場を出たところで、牧は立ち上がった。席亭の幸崎には話を通してあるらしい。楽屋に通じる階段を上がっていく。

春駒は着替えをしているところだった。しばらく表で待つことにする。

廊下の暗がりで、緑は言った。

「どういうことなんですか、編集長。春駒師匠が野田さんの件に関わっているんですか？」

牧はベレー帽を手でくるくる回しながら、

「京都にある寄席、鴨居《かもい》亭で小火《ぼや》騒ぎがあった。一月前のことさ。覚えているかい？」

鴨居亭というのは、北区出雲路《いずもじ》にある定席寄席である。元は三条にあったが、十年前、席亭の代がわりを機に移転した。戦前からある商家を改築したという木造家屋。一月前、その建物の裏手、ゴミ置き場から煙が上がった。

「幸い発見が早く、大事に至る前に消し止められた。客を入れる前だったから、怪我人も出なかった」

緑はポンと手を叩いた。

「思いだしました。そのとき鴨居亭で行われていたのが、『春駒、番治二人会』でしたね」

「そうだ」

「でも、そのことと野田さんの件にどんな繋がりが？」

「さあな。師匠から話を聞いてみなくちゃ、何とも言えん」

春駒の着替えはまだ終わらないらしい。この間を利用して、緑は一人、考える。

口ではあんなことを言っているが、牧がそんな行き当たりばったりなことをするはずがない。ここへ来たのには、明確な目的があるはずだ。それは何か。

緑ははたと思い当たる。春駒、番治の二人会だ。会長の野田、副会長の川又など、後援会の面々も会場を訪れたに違いない。確認してみないと判らないが、前座として上がったのは八重駒かもしれない。

あの夜、築地亭にいた者たちが、小火のあった日、京都にいた……。

緑はその思いつきに心を奪われた。鳴らないはずの携帯電話と鴨居亭の小火。二つの事件に何らかの関係があるのではないか。

「編集長、小火の原因は何だったんですか？」

もしかして、放火？　不謹慎であることは承知しながらも、つい過激な答えを期待してしまう。だが、牧は大きな欠伸《あくび》を一つして、

「詳しいことは知らないが、煙草の火の不始末らしい」

野田、川又、八重駒、三人はかなりの煙草好きだ。もしかして、小火の原因を作ったのが三人のうちの誰かであったなら……。

「煙草の火は関係ないと思うぞ」

「え？」

「小火の原因は、裏手に入りこんだホームレスによるものだ。ゴミ袋の中の吸殻を失敬して

一服したらしい。それが袋に燃え移ったんだな」

何も言いださないうちに、否定されてしまった。

反論の糸口を探しているうちに、楽屋から春駒の声がかかった。

「お待たせしました、どうぞ中へ」

真っ赤なトレーナーにすり切れたジーンズ。着物を入れた風呂敷包みを脇に置き、春駒は胡坐《あぐら》をかいていた。

今年で五十になる春駒だが、そうした恰好が違和感なく決まっている。

牧が正座をして頭を下げる。

「お疲れのところ、申し訳ありません」

緑も倣《なら》う。春駒は明るく笑いながら、

「いやいや、牧さんの頼みとあれば、聞かぬわけにはいかないでしょう。噂によると、携帯事件のことを調べておられるとか」

狭い世界だ。牧の行動は筒抜けになっている。

「携帯事件ですか。うまいこと言いますな」

「だが、ききたいのは鴨居亭のことだとか。何か繋がりがあるのですか?」

「いえ、まだ確信を持って申し上げることはできません。ただ、ちょっとひっかかることがありまして」

春駒の目が子供のように輝く。

「知っていることであれば、何でも答えますよ」

「恐れ入ります。師匠は小火の現場におられた。そのときの様子を聞かせていただきたいので」

「京都から戻って以来、質問攻めにされましたのでな。マクラにもしました」

春駒はすらすらと語り始める。

煙に気づいたのは、席亭の池松文定《いけまつふみさだ》であったという。大声をあげ、人を呼んだ。既に楽屋入りしていた番治、春駒も表に飛びだした。窓からは白い煙が入ってくる。

「火の元は裏手と聞きましたのでな、そちらへ行こうとすると、席亭に止められました。我我の身を案じてくれたのかと思ったら、そうではない」

春駒は苦笑して、

「事務室に置いてある本を持ちだしてくれと言われた」

「鴨居亭の事務室には、落語関係の本が置いてありましたね」

「そう。今では手に入らない、貴重な本があった。私も番治も、随分助けられたものだ。もっとも、一番利用していたのは、師匠の駒平だが」

「お二人でその本を運んだのですね」

「全部で二十冊ほどでしたかな。番治と二人がかり、大急ぎで」

「どの本を持ちだしたか、お判りですか？」

「いや、そのへんはよく判らんのです。私も慌てておったので」

牧は口許に手をやり、ふんふんとうなずいている。

春駒の話を聞く限り、小火がホームレスの失火であることは間違いないらしい。だが、念のためにきいてみよう。

「師匠、二人会には野田さんたち後援会の皆さんはいらしていたのでしょうか」

「それがな、番治の後援会は一人も顔を見せなんだ。番治はそれが気に入らなかったようだが」

緑の推理はもろくも瓦解してしまった。野田たちは、京都に行ってすらいない。

「二人会の前座さんはどちらの方が？」

「私の弟子で二つ目になる春華《はるはな》が務めました。演目は『動物園』だったかな」

これまた八重駒ではなかったのか。牧が横目でこちらを見ている。すべてを見透かしたような視線に、頬が熱くなった。

「師匠、お手間を取らせました」

「ほう、これだけでいいのかい？」

牧は深々と礼をして立ち上がった。釈然としない思いを抱えつつ、緑も続く。

最近では一時間近く正座をしていても痺れなくなった。慣れとはありがたいものである。

階段を下り、表に出た。中庭の電灯も既に消えており、あたりは静まり返っている。元さんも帰宅したのか、姿はない。

ぎりぎり終電には間に合いそうだ。駅への路を急ぎながら、牧が言った。

「おまえさんも、色々考えているみたいだな」

「駄目です。全部、はずれでした」

「結果は問題じゃない。考えることが大事なのさ」

「編集長には、真相が判っているんですか？　どうして野田さんの携帯が鳴ったのか」

「ある程度はな」

「私にはさっぱりです。ヒントをもらえませんか」

「事件の発端は駒平師匠にある。それがヒントさ」

一年前に亡くなった駒平師匠。そのことが、今回の件にどう関わってくるというのか。

「もう一つ。明日、如月亭で鈴《すず》の家《や》梅治《うめじ》一門会がある。トリの梅治師匠が『宿屋の富』を演《や》ると言っていた。一度、聴いてみな」

牧はそう言って、地下鉄ホームへの階段を下りていった。

五

「こんな恰好をしてはいますがな、故郷では金持ちとか物持ちとか言われてます」

鈴の家梅治が胸をそらして、豪快に笑う。

月島五丁目にある如月亭で行われている梅治一門会。昼の部のトリ、梅治による「宿屋の富」である。

牧の言葉が気になり、昨夜もよく眠れなかった。

「宿屋の富」は珍しい噺ではない。十八番にしている師匠も何人かいるはずだ。緑も何度か聴いたことがあり、筋立ては頭に入っている。

馬喰町《ばくろちょう》にある宿屋に泊まった一文無しの男。自分は大金持ちであると、主人に法螺《ほら》を吹きまくる。

「門を入って玄関に着くまで、駕籠《かご》で三日かかりますで」

梅治は裏返った声で笑う。

「この前もな、うちに賊が入りよった。盗人というくらいだ、お金が欲しいんだろう。我が家は金が余って困っとるんだからと、番頭に命じて大門を開けさせました。すると入ってきた賊が二十人ほど。蔵へ案内してやると、運びよったなぁ。さてどのくらい減ったかと、あとで勘定してみたが、大したことないな、千両箱がたったの八十六個だ」

人の好い主人はそれを信じ、男に富くじを買ってくれと頼みこむ。

「一枚だけ売れ残りがございます。一枚が一分《ぶ》、旦那様にとりましては、目腐れ金でございましょうが、我々にとりましては大金で」

後に引けなくなった男、仕方なく、虎の子の一分をはたいて、富を買う。

自棄《やけ》になった男は主人に、

「この富くじ、もし当たったら、あんたに半分あげよう」

「半分と申しますと？」

「千両が当たれば五百両、五百両が当たれば二百五十両だ」

「旦那様、まことに、ありがとうございます」

当たったわけでもないのに、主人は大喜びで下へおりていく。

部屋に一人残った男は、

「調子に乗ってしゃべったら、一分とられてしまった。とうとう一文無しか。まあいい、あれだけ言っておけば、催促もしないだろう。飲むだけ飲んで、食うだけ食って、隙見て逃げてやれ」

さて富の当日、神社にやって来ると、突富が始まった。

「第一番の御富《おんとみ》、子《ね》の千三百六十五番」

これが見事に大当たり。男はあまりのショックに震えながら宿屋に帰ってくる。

「当たった、当たった、当たった、当たった」

そのまま布団を敷いて寝てしまう。

その少しあと、今度は宿屋の主人が番号を確かめにやって来た。番号を見て、

「当たった、当たった、当たったたったたった」

宿屋に戻るなり、下駄を履いたまま男の部屋へ。見れば、男は布団の中で震えている。

「当たった、当たりましたよ、旦那。ここは一つ酒風呂といきましょう」

「おい、いくら嬉しいか知らんが、人の部屋に下駄を履いて上がるやつがあるか」

「あ、これは失礼を。それにしても旦那、寝ている場合では……、布団をめくると、男も下駄を履いたまま寝ておりました」

深々と頭を下げる梅治。ゆっくりと緞帳《どんちょう》が下りてくる。手堅く、綺麗にまとめた高座。さすがである。

観客も満足そうに席を立つ。その中で、緑は一人、釈然としない思いで坐っていた。

牧が聴いてみろと言った、「宿屋の富」。携帯事件とどんな関係があるのだろう。携帯が鳴ったのは「富久」の最中。たしかに「富」繋がりではあるが……。

じっと考えていると、事務員の市原がやって来た。

「緑さん、昼夜入れ替え制なんだ。一度、表に出てくれないかね」

夜の部をのんびり聴いていく気にもなれず、緑は編集部へ戻った。部屋は空っぽ。予想していたことではあるが、牧の姿はない。

「宿屋の富、宿屋の富」

緑はつぶやきながら、自分の机を整理する。何度繰り返してみても、答えは出ない。

牧の机を見ると、書類ともゴミとも知れぬものが散乱している。

「まったく……」

緑が「宿屋の富」を聴いているとき、牧はここで調べものをしていたのだ。

緑は室内を見回し、牧の痕跡を探る。ファックスが一枚届いていることに気がついた。慌てて取り上げる。

築地亭の幸崎から牧に宛てたものであった。冒頭に、お尋ねの件とある。

記されていたのは、五冊の本のタイトル。

『古典落語（上）』

『速記・落語大鑑』

『選集・古典落語』

『東西落語大鑑』

『名人演芸集』

　いずれも名著と呼ばれるものだが、相互には何の繋がりもない。

　緑は顔を上げ、本棚を見た。『東西落語大鑑』はここにもあるはずだ。手を伸ばそうとしたとき、電話が鳴った。

「編集長、今、どこにいるんですか？」

「牧さんはおられます？」

　聞いたことのない女性の声だった。しまったと思ったが、もう遅い。

「は……」

　うまく言葉が出ない。

「そちら、『季刊落語』編集部ですわよね」

「は、はい」

「私、内海多恵《うつみたえ》と申します。牧さんはいらっしゃる？」

　額の汗を拭いながら、緑は何とか声を絞りだした。

「申し訳ありません、ちょっと外出しておりまして」

　内海と名乗る女性は、陽気な笑い声をあげた。

「行き先を教えて、と言っても無駄だわね。あの人のことだもの」

　牧を「あの人」と呼ぶ女性。いったいどういう関係なのだ？　様々な臆測が頭を駆け巡った。

何と返事したものやら、緑がうろたえていると、多恵は明るい口調で続けた。

「牧さんがいらしたら、伝えていただけますか。うちに泥棒が入りましたの」

「はあ？」

「そう伝えていただければ、判ると思います。よろしくね」

電話は切れた。

よろしくね？　受話器を見つめながら、緑がつぶやいたところへ、牧が戻ってきた。ベレー帽を頭にのせ、首筋を手で揉んでいる。どうやら、近所の喫茶店で新聞を読んでいたらしい。緑がいることに気づき、一瞬、動きが止まった。

「や、やあ緑君。戻ってたのか。『宿屋の富』はどうだった？」

「編集長、それどころじゃありません」

「そんな怖い顔するなよ。誰にだって休息は必要だろう」

「ファックスが届いています。幸崎さんから」

「やっと来たか」

「本のリストみたいですけど」

「築地亭で駒平師匠が倒れたとき、鞄に入っていた本さ。あちこちの寄席から無断借用したものでな。幸崎さんと番治師匠が手分けして持ち主に返した」

「そんなことを調べて、どうするんです？」

「ちょっと、気になることがあってな」

思わせぶりな態度で、ファックス用紙に目を落とす。徹底的に追及したくもあるが、今はそれどころではない。

「編集長、女の人から電話がありました」

顔を上げた牧の目が、きゅっと細くなった。

「女の人、多恵さんか？」

「知っている人ですか？」

「それで、何と言っていた？」

「変なことを言ってました。家に泥棒が入ったって」

牧はポンと手を打った。

「泥棒か、しめた」

人の不幸に何という言い種だろうか。

「編集長！」

「すまんすまん、つい……」

「それで、内海多恵って誰なんですか？」

「おまえさんには話してなかったか。駒平師匠のかみさんさ」

「玄関の植木鉢に合鍵を入れておくんです。それを使われたみたい。危ないから止めろって番治師匠に何度も注意されたんだけど、つい。だって、鍵を落としたら家に入れないでしょう」

内海多恵は、そう言って、陽気な笑い声をあげた。グレーのワンピースに、白いものが交じった髪。銀縁の眼鏡の奥で、人懐っこそうな目がきらりと光った。

東村山《ひがしむらやま》にある、木造平屋の一軒家。床の間つきの八畳間に、緑は牧と共に坐っていた。座布団はふかふかで、足が痺れる心配はない。前に置かれた湯のみからは、焙《ほう》じ茶の香ばしい匂いが立ち上っている。

「それで多恵さん、盗られたものは?」

牧が茶をすすりながらきいた。彼女は首を傾げて、

「さあ、確かめてみないと判らないわ」

「現金、通帳は無事なんですね」

「ええ。牧さんが言ってくれなければ、泥棒が入ったことさえ気づかなかったでしょう」

緑には多恵の言う意味がよく判らない。「言ってくれなければ」とはどういう意味だ。

そんな緑の思いにはお構いなし。牧は話を続ける。

「やはり、本棚でしたか」

「ええ。言われてから、すぐに確認してみたの。慎重に戻してはあるけど、微かな痕跡はあったわ。埃とか、微妙な傾き具合とか」

こらえきれなくなって、緑は言った。

「編集長、どういうことです？　ここに泥棒が入ること、判っていたんですか」

「まあ、そうも言えるな」

「なら、どうして警察に知らせなかったんです。事前に防ぐことだってできたわけでしょう。多恵さんに何かあったらどうするつもりだったんですか」

緑の剣幕を見かねてか、今度は多恵が間に入った。

「緑さん、牧さんを責めないで。私はね、この一週間、留守にしていたの」

「え？」

「北海道にいる、娘夫婦のところに行ってたのよ」

「はあ……」

駒平に娘がいることは知っていたが、北海道に住んでいるのか。

「だから、泥棒が入っても、私は大丈夫だったのよ」

「でも、侵入者があったのは事実でしょう」

「私は牧さんの言うことを信じたの。だから、別に心配はしていないわ。事実、盗られたものはないし」

のんびりとした調子で言われ、緑の頭も冷えてきた。興奮が少しずつ冷めていく。牧はこの家に泥棒が入ることを知っていた。知っていて、何らそれを防ぐ手立てを講じなかった。

『やはり、本棚でしたか』

先ほど、牧はそう言った。泥棒が入ることはもちろん、その目的まで判っていたことになる。

家人は留守。侵入者があっても怪我人の出る恐れはない。

牧は犯人を泳がせたのか？

牧と多恵は、和やかな様子で話を続けている。昨今の寄席事情、国立劇場上席《かみせき》の講評、力をつけてきた若手について。侵入者のことなど忘れてしまったかのようだ。二人の余裕はどこからくるのか。

まだまだだな。

一人そんな思いにとらわれ、緑は肩を落とした。

閃いたのは、そのときだ。

犯人を泳がせているのではない。あえて見逃しているのではないか。

話に興じる牧の横顔を、緑はちらりと見た。

野田に依頼を受けてから、牧の辿った足取りを思い返す。下足番の元さん、席亭の幸崎、華駒亭春駒、そして多恵。さらに、本のタイトルを記したファックス。

そのすべてに共通するものは……。

華駒亭駒平。

一年前に病死した駒平。謎の中心はそこにある。

「どうしたんだ、疲れた顔して」

突然、牧が話を振ってきた。

「いえ……」

ききたいことは山とある。だが、駒平夫人の前では止めておくべきだろう。

そんな緑の前で、多恵は笑顔のまま言った。

「緑さん、私に気を遣わなくてもいいんですよ」

「いえ、そんな」

この人にも見透かされている。類は友を呼ぶというが、牧の周りには妙に鋭い人が多い。

迂闊に考えごともできない。

多恵は牧に向き直ると、

「牧さん、このままそっとしておくことはできませんか。私はそれでも構いませんのよ」

「私だって、そうしたい。それどころか、応援してやりたいくらいです。でもね、やっぱり、こそこそ隠れてやるってのは、よくないと思いますね。あなたを信じて、正面からぶつかってみるのが、筋ってものでしょう」

多恵の顔が曇った。

「たしかにね。信じてもらえなかったことは、やはり残念ですわ」

ますますもって判らない。緑は途方に暮れるよりない。

そんな緑を見かねたのか、牧が言った。

「ヒントはな、『試し酒』さ」

「それ、駒平師匠のあだ名ですよね」

「残念ながら聴くことはできなかったが、師匠は亡くなる直前まで『宿屋の富』を稽古していたよな」

梅治の「宿屋の富」が脳裏に甦る。

そうか。

一瞬でパズルが完成した。牧は満足そうに微笑む。

「さて、今晩も忙しくなるぞ」

六

ソファの後ろには、埃が溜まっていた。こんなことなら、きちんと掃除をしておくんだった。悔やんでも後の祭である。

編集部屋奥の応接セット。壁とソファのわずかな隙間に、緑は身を縮めていた。明かりを消しているため、室内は真っ暗である。

牧は床に坐り、壁に背をもたせかけている。張りこみを始めて以来、一言も口を利かない。

牧と共に張りこみをするのは、もう何度目だろう。真冬の如月亭、東長崎の路上、藪蚊の飛び交う杵槌村《きねつち》……。

まさか、自分たちの職場で張りこむことになろうとは思わなかった。

暗がりでじっとしていると、睡魔が襲ってきた。ここ数日の平均睡眠時間は二時間を切っている。

欠伸を嚙み殺し、腿を軽くつねる。時間を確認したいところだが、下手に動かない方がいいだろう。張りこみ開始が午後十一時過ぎ。もう二時間は経っただろうか。

大きな会社でありながら、このビルのセキュリティはいい加減だ。午後九時頃までなら、大したチェックもなく入ることができる。あとはトイレかどこかに潜み、深夜を待てばよい。

牧はさっきから身動き一つしない。寝ているのではなかろうか。

「編集長?」

「静かに。そろそろ来るぞ」

廊下の方で、微かな物音がした。非常階段へと続くドアの開く音だ。地下一階にあるのは、「季刊落語」編集部と経理の部屋だけ。

ガードマンの見回りだろうか。いや、それならばエレベーターを使うはずだ。

ゴムの擦れる、キュッという音。スニーカーを履いているらしい。

音は編集部の前で止まった。白い光が射しこむ。ドアが開かれたのだ。

横を見た緑は思わず息を吞んだ。牧の姿がない。

と同時に、部屋の明かりが点いた。

「きゃっ」

思わず立ち上がっていた。奥の壁際に、牧が立っている。手は明かりのスイッチに伸びていた。

「おいおい、待ち伏せしている方が驚いてちゃ、恰好がつかんだろう」

「急に動かないでくださいよ」

「とにかく、張りこみは成功だ。さて、探し物はありましたか、番治師匠」

本棚に手をかけたまま、華駒亭番治がこちらを見ていた。

「やっぱりな」

その顔に驚きはなかった。

番治ほどの男だ。牧が真相に近づいていることは、知っていたに違いない。そして、今夜、罠が張られていることも。

にもかかわらず、彼はやって来た。いや、来ざるを得なかったのだ。

番治はわずかに唇の端を緩める。

「それで、モノはありましたかな」

牧は首を振った。

「まだ見ていない。あんたが確かめな」

番治が真顔に返る。棚に向き直ると、迷うことなく一冊の本を手にした。

『東西落語大鑑』。

華駒亭駒平が亡くなった折、荷物の中にあった本。幸崎のリストにも入っていたものだ。

番治は分厚いその本を手に取ると、一気にページをめくった。

栞大の紙がページの隙間から飛びだした。くるりと一回転、番治の足許に落ちる。

番治の右眉が動いた。本を棚に戻し、床の紙を拾い上げる。

それが何であるか、緑にも判っていた。

宝くじだ。

番号は一組〇〇〇一三六五番。

牧は財布から新聞の切り抜きを取りだし、並べて置いた。

「昨年のスーパージャンボ宝くじ」

一等、一億円の当たり番号は、一組〇〇〇一三六五番となっていた。

七

「これを探していたんですね」

足から力が抜けていった。緑は自分のデスクに腰を下ろす。

「千三百六十五番。『宿屋の富』さ」

番治は倒れこむように、ソファに坐った。牧は厳しい顔つきのまま、壁にもたれている。

「五冊の本のどれかに、駒平師匠の買った宝くじが入っている。あんたの推測は正しかったわけだ。気づいたのはいつです？　やはり、鴨居亭の小火ですか」

「そうさ。あのとき、楽屋に残っていた本を運びだした。その中に、師匠のメモが入っていてな。この番号があったんだ」

緑は気になっていたことを尋ねた。

「師匠は、番号を見ただけで、すべてが判ったんですか?」

番治は顔を顰め、頬をぴしゃりと叩いた。

「気づいたのは、一週間ほど前だ。『富久』をさらっていたら閃いた。もう少し早く気づいていたらなぁ」

牧が苦笑する。

「まあ、気づいただけでも大したものさ。『試し酒』の駒平師匠が、『宿屋の富』を高座にかけようとしている。となれば、やることは一つだもんな」

緑は牧の目を見て言った。

「宝くじを買うことですね」

「そうだ。『宿屋の富』の見せ場は、一番富を当てた主人公の慌てぶりだ」

「駒平師匠の目的は、宝くじに当たった者の気持ちを体験することだった」

答えたのは、番治だった。

「師匠のやりそうなことだ。ネタは完璧に仕上がっていたのに、高座にかけようとしない。宝くじが当たるのを待っていたんだな。その間に、死んでしまって……」

番治は手にした宝くじを、テーブルに放った。その表情には、虚しさが浮かんでいる。

緑の顔を上目遣いに窺いながら、番治は言った。

「メモの数字を見た瞬間、頭の中に師匠の『富久』が甦ったんだ」

火事場から持ちだした神棚の中に、当たり富が入っていた。「富久」の終盤である。

「師匠の粋な計らいだと思った。それで、新聞で確認してみたんだ。すると……」

牧が腕組みをしたまま、言った。

「大当たりだった」

「一年前のスーパージャンボ宝くじ。組番、当たり番号、共にぴったりだった」

「だが問題はくじの現物だ。『富久』と同じで、紙がなければ金はもらえない」

白い歯を見せ、にこやかに語る番治。見られていることを意識しない、自然体の番治であった。

「俺は一つの可能性に賭けた。読みかけの本に挟む栞だ」

「駒平師匠は読書家だったからな。寄席や人の家にある本でも、いったん読み始めると止まらない。勝手に持ちだしてしまうのだと、席亭が嘆いていたよ」

「それさ。師匠が築地亭で倒れたとき、鞄には五冊の本が入っていた。題名は全部覚えていた。本を持ち主に返して歩いたのは、俺だからな」

「それで、本を一冊ずつ調べて回ることにしたのか」

「だが、問題はまだあった」

「引き換え期限でしょう？」

「おまえさんと話していると、楽しいな」

二人は声を合わせて笑った。

緑が最後まで判らなかった点がこれである。犯人がなぜ、行動を急いだのか。

答えは引き換え期限だったのだ。当たりくじの引き換えは、当籤《とうせん》番号の発表から一年以内と決められている。

番治は苦笑して、

「期限は明後日だ。焦らないわけにはいかないだろう」

「発売日には長蛇の列ができる宝くじも、かなりの額が換金されないまま、期限を迎えるそうだ」

「師匠が残してくれた金だ。無駄にしてたまるか」

牧の顔から、笑みが消えた。

「それで、野田社長の携帯を鳴らしたのか」

番治の顔からも、感情が消えている。先ほどまでの和やかな雰囲気は、跡形もなかった。

「そうだ。楽屋に来たとき、鞄をほったらかして便所に行きやがった。その間に、電源を入れた」

「電話をかけたのも、あんた自身なんだな」

「これでも携帯くらいは持っているのでな、扱いは判る。自分の携帯に野田の番号を入れ、発信ボタンを押すだけの状態にする。袂に入れて高座に上がり、隙を見てスイッチを押す」

あの日の高座を思い起こしながら、緑は言った。

「久蔵が自分の家めがけて走るところ。師匠は袂に手を入れて……」

「さすがは牧さんの弟子だ。よく見ているな。『よいこらさ、よいこらさ』。あれだ」

「自作自演だったんですね。高座で見せた怒りは」

「これで野田の親父も懲りただろう。少しは酒を控えてもらわんとな」

「お灸《きゅう》は、効きすぎるくらいに効いた」

牧が言った。打ち萎《しお》れた野田を目の当たりにしているからか、刺《とげ》のある言い方であった。

番治はそのことに気づいたのかどうか。表情を消したまま、宝くじに目を落とす。

「ああでもしないと、席亭部屋に押し入れないからな。カンカンになった振りをして乗りこむと、幸崎の旦那、さっさと逃げていきやがった。あとは、棚の本をゆっくり調べることができた」

あの晩の前後、席亭幸崎は四日連続で部屋に泊まりこんでいた。それであんなことを。

「先も言ったように、期限は迫っている。ぐずぐずできん」

「次は、多恵さんの家」

「そうだ。うまい具合に自宅を離れていてくれてな」

「思い切ったことをしたものさ。捕まったら、申し開きができないところだぜ」

「玄関先の植木鉢。左から二番目に鍵が埋めてある。どれだけ言っても、奥さんは止めなかった」

「多恵さんもさすがに応えたみたいだ。鍵は必ず身につけ、合鍵は処分するそうだ」

「それを聞いて、安心した」

「すべてにおいて、一石二鳥を狙っている。あんたらしい」

「で、あんた、俺をどうするつもりだ」

番治が身を乗りだした。自信に満ちた表情は、牧の眼前でも揺らがない。一億の価値を持つ宝くじを挟んで、二人は睨み合った。

口を開いたのは、牧だった。

「どうして多恵さんに相談しなかった。それが筋というものだろう」

番治は口をへの字に結び、憮然とした表情である。牧から目をそらし、壁と天井の境目あたりをぼんやりと見つめている。

「あんた、それをどうするつもりだい」

番治はテーブルの宝くじを取り、牧にさしだした。

「おまえさんから、多恵さんに渡してくれ」

「いいのかい?」

「駒平師匠の残したものだ。もともとそのつもりだったさ。あの人なら、うまく使ってくれるだろう」

緑は思わず口を挟んだ。

「番治師匠、いいんですか？　一億ですよ」

「金なんぞ、あっても仕方がない」

「なら、どうしてこんなことを？」

「感じてみたかった」

「え？」

「宝くじに当たった者の気持ちをな、体験してみたかったのさ」

八

築地亭「華駒亭番治独演会」。初日は大入り満員であった。緑は出口近くで立ち見である。会場中ほどに、野田の姿があった。酒は入っていないようだ。隣に坐る副会長の川又と談笑している。後援会を始め、周囲の人間も、彼の失態をこれ以上責める気はないということか。落語の持つ懐の深さが、聴く者にも影響するのかもしれない。

牧は、野田に真相を語るつもりはないようだった。

「あの程度のこと、一週間も経てば忘れてるさ」

その通りになった。何はともあれ、寄席に揉めごとは似合わない。丸く収まったのであれば、それでいい。

緑の両側にも人が立ち始めた。開演まであと十分。この入りでは札止も考えられる。

戸口に目をやった緑は、通路を行く多恵の姿を認めた。先日見たグレーのワンピース姿。緑は先夜、編集部で交わされた、番治とのやりとりを思い起こしていた。

『金なんぞ、あっても仕方がない』

一億の当たりくじを目の前に、番治はそう言い切った。あれから一週間。当たりくじの引き換え期限は過ぎている。一億はどうなったのだろう。牧から多恵の許に渡ったはずだが。

再び戸口に目をやると、多恵が通路を戻ってきた。こちらに気づいた様子だ。緑は慌てて頭を下げる。多恵は席亭部屋をちらりと振り返ってから、それに応えた。

多恵の脇をすり抜けるようにして、二人の男が走っていく。一人は八重駒、もう一人は元さんだ。

「慌ててどうしたんだよ」

八重駒は半泣きの体《てい》で叫ぶ。

「席亭が腰抜かしちまってるんで」

「何だと」

「わけが判りませんよ。一億だ、一億だとか言って……」

多恵は二人を見送ると、ゆっくりと出口へ向かっていった。

金の行き先は決まったようだ。

戸が閉められ、トントンと出囃子《でばやし》が鳴り響く。しゃんと背筋を伸ばした番治が、姿を見せる。割れんばかりの拍手。

「『宿屋の富』を聴いていただきます」

再び拍手が湧き起こった。

「富と申しますのは、今で言う宝くじのことでございます。なかなか当たるものではございませんが」

紙切り騒動

一

「ただいま、戻りましたぁ」

とろんとした眼ざしに、しまりのない笑み。わけもなく両掌をヒラヒラとかざしてみせる。松《まつ》の家《や》京太《きようた》の上体が、ふらりと右に揺れた。それに合わせて、観客の首も右に。

「ただいま、戻りましたぁ」

同じセリフを繰り返しつつ、今度は左に揺れる。皆の首もまた左に。

京太の言葉は、心地好いリズムを伴って、聴いている者の心にするりと入りこむ。滑稽噺の京太と言われる所以《ゆえん》である。

ゲジゲジ眉に団子っ鼻、えらの張った顔はきれいな五角形を描いている。落語を演じるために生まれてきたような顔と評したら、京太に失礼だろうか。

築地亭の特別プログラム、京楽《きようらく》一門若手会。三番手の演者が、この京太であった。演目は「親子酒」。大酒飲みの親子が巻き起こす大騒動を描いている。

「おとっつぁんですか？」

義父の帰りを知り、戸を開ける嫁。家の中に目をやった父は、仏頂面を作り声高に言う。

「せがれの姿が見えん。どうしました？」

「すみません、まだお帰りではないんです」

「まだ、帰ってない？　またどこかで酒を飲んでいるな！」

そういう義父も泥酔状態である。

「毎晩毎晩、酒ばかり飲みおって。歳を取った者は仕方がないとして、若い者が酒ばかり飲んで、体でも壊したらどうするか、馬鹿め」

勝手な気勢をあげながら、父親はそのまま寝てしまう。

一方、息子も、しこたま酒を飲んで家路につく。

胸を突きだした状態で、歌い始める京太。

「姉と妹はー、その歳きけば、姉は姉だけー、歳がうえー」

酔い方も年齢によって違う。その差異をクサくならないギリギリの線で表現しなければならない。「親子酒」は、簡単なようでいて笑いのセンスを問われる、難易度の高い噺である。

ポストにぶつかり、蕎麦《そば》屋をからかい、ようやく家の前に来る。

「おーい、俺だ、開けてくれ」

「どなたですか？」

「亭主の声を忘れるとは何ごとだー、さっさと開けろ」

「また酔ってるのね。あんたの家は西へ三軒目よ」

「あ、あんた、おさきさん？　これは失礼を」

慌てて三軒移動する。

「おーい、俺だ、開けてくれ」

「うるせぇ、誰だ？」

「けしからん。亭主の留守に男の声。おまえこそ、誰だ？」

「おいおい、また飲んでるのか。おまえの家は、西へ六軒目だ」

「みんなして俺の家を持ち歩いてやがる。今、西に三軒と言っただろう」

「おまえ、反対方向に来てるんだよ」

「何が何だか判らなくなってきたぞ。こうなったら、片っ端から叩き起こして……」

危ういところを嫁に止められ、自宅に入る男。その玄関先には、親父が大の字になっている。

「あっ、あんた親父だな。また酒を飲んでるな。毎晩毎晩、酒ばかり飲んで……。若い者は仕方がないとして、歳を取った者が酒ばかり飲んで、体でも壊したらどうする、馬鹿」

鼻をつまんで親父を起こす息子。目を覚ました親父は、

「おまえ、息子だな。また酒を飲みおって。見てみろ、酒毒が回って、おまえの顔が四つある。そんな化け物に、大事な家は譲れないぞ」

「こんなグルグル回る家、もらっても仕方がない」

満場の拍手の中、京太はぺこりと頭を下げ、楽屋へ戻っていく。無駄のない所作は、師匠、松の家京楽直伝だ。

午後七時から十時までの長丁場、場内はここで十五分の休憩に入る。緑はいったん席を立ち、会場の外へ出た。

木戸の脇に立ち、伸びをする。目の前には芝を敷き詰めた小さな中庭がある。ところどころに立つ外灯の下では、常連による御贔屓《ひいき》談義が始まっていた。今回の一番人気は、やはり松の家京太であろう。

和《なご》やかな雰囲気の中、ふと緑の目に留まったものがある。勝手口に通じる細い通路から、ベレー帽をかぶった丸顔の男が顔をだしたのだ。

「編集長」

声をかけると、牧大路はぴたと歩みを止めた。

「緑君じゃないか。こんなところで何してる？」

「何してるって、取材に決まってるじゃないですか。京楽門下の若手会ですよ」

「そんなことは判ってる。こんな場所で何をしているのか、きいてるんだ」

「休憩です。今日は午後三時まで葉光《ばこう》師匠のインタビュー、そのあとここに来て坐り通しだったんですから」

「ご苦労さんご苦労さん。よく働くなぁ」

「編集長が働いてくれないからです」

「相変わらず、厳しいなぁ」

牧はそう言って頭を掻いた。その仕種がどうにも憎めない。

「せめて携帯だけでも通じるようにしてください。一昨日も全然つかまらなくて……」

「ああ、気をつけるよ」

「お願いします。一週間前も全然連絡が取れなくて……」

「小言はあとでゆっくり聞く。そろそろ行かないと、次が始まるぞ」

そう言って、その場を離れようとする。

「編集長、聴いていかないんですか？」

「ああ、ちょっと急ぐんでな」

逃げるように出ていく。

なら、こんなところで、何をしていたのよ。

緑は壁沿いに進み、通路を覗きこむ。塀と壁に囲まれた陰気な場所。向かって右側に扉がある。楽屋に通じる木戸だが、今は施錠されているはずだ。正面奥にあるのはゴミ捨て場で、分別されたゴミ袋が並んでいる。その横に薄汚れた灰皿スタンドがあった。楽屋は禁煙なので、出番待ちの噺家たちがここで一服やっていくらしい。

煙草を吸っていたのか……。

どうやら、何度目かの禁煙も失敗に終わったらしい。

やれやれ。ため息をつきながら、時計を見る。休憩時間はあと十分。

楽屋に顔をだしておくか。

会場に戻ると、廊下を左へ。突き当たりのガラス戸に「楽屋口」の札がかかっている。こちらは施錠されていないので、関係者であれば出入り自由。緑は一応、関係者として認められていた。

ガラス戸を入ると、右手に急な木の階段。築地亭の楽屋は二階にあるのだ。

一段目に足をかけたとき、築地亭全体を震わせる声が轟いた。

「今日限り、破門だ。出ていけぇ」

全身が、ぴりりと震えた。緑は壁際にまで後ずさる。

京楽師匠……。

間違えようもない。あんな声がだせるのは、京太たちの師匠、松の家京楽をおいて他にない。

だが、今日は若手のみによるプログラム。大御所である京楽師匠が、どうして楽屋にいるのか？

緑は恐る恐る、階段上にある襖を見つめる。

楽屋には、京太を含め、数人の若手がいるはずだ。「破門」という言葉は、いったい誰に向けて放たれたものなのか。

緑はここまでの高座を思い返す。高座に上がった三人は、皆、よい出来であった。破門の原因となるようなしくじりは、見当たらない。

では、楽屋内で粗相があったのか?

たしかに京楽は、礼儀作法に人一倍うるさい。だが、軽々しく「破門」を口にするような癇癪持ちでもない。

荒々しい足音が聞こえてきた。息を呑む緑の前で、襖が開く。そこに立っていたのは、京太であった。顔色は蒼白、下唇を嚙みしめ、戸口で数秒立ち止まる。楽屋からは、物音一つ聞こえてこない。

「師匠……」

壁に張りつくようにして、緑は呆然と京太の顔を見上げていた。

ぴしゃりと襖を閉めた京太が、一歩一歩、足許を確かめるように階段を下りてくる。目は充血し、呼吸も荒い。

緑の存在を無視しているのか、そもそも気づいてすらいないのか、一顧だにせず、外に出ていこうとする。

「あの、師匠……」

京太の足がぴたりと止まる。薄暗い廊下。背中が微かに震えている。

「師匠、いったい何があったんです?」

「緑さん」

その声は、案外平静であった。だが、口を衝いた言葉は……。

「俺、今日限り、噺家を辞めるよ」

二

「京太師匠が辞めると言ってるんですよ」

緑は立ち上がり、デスクを叩いた。だが、牧の様子に変化はない。手を頭の後ろで組み、ぼんやりと再校ゲラの山を見ている。

「編集長!」

「そう大きな声をだすなよ。おまえさんが興奮したって始まらないだろう」

「どうしてそんなに落ち着いていられるんです?　京太師匠が破門されたんですよ」

「師匠だって噺家だ。破門くらいされるさ」

まったくもって話にならない。緑は憤然と椅子に腰かける。牧のデスク同様、目の前にはゲラの山がそびえていた。だが、それに手をつける気分ではない。

昨夜、築地亭を揺るがした京楽の怒鳴り声。噺家を辞めると言い置いて、姿を消した京太。二人の間に何があったのだろう。

京太が出ていったあとも、緑はしばらく階段脇に佇んでいた。これから楽屋に乗りこみ、京楽師匠に事情をきいてみようか？　それとも、京太を追いかけようか。

思案している緑の前で、再び襖が開いた。姿を見せたのは、松の家京楽自身である。濃茶の上下にネクタイ。ぴんと背筋を伸ばしたまま、ゆっくりと階段を下りてきた。白髪交じりの髪は後ろになでつけられ、縁なし眼鏡が電球の明かりを浴びてきらりと光る。

階段を下りきった京楽は、緑の真正面に立つと、深々と頭を下げた。

『お恥ずかしいところをお見せしました。どうか、あやつのことは放っておいてください』

二十で松の家喜楽《きらく》の門を叩き、その後、師匠すら超える芸を身につけた男である。テレビなどには一切出演せず、自らの芸談を語ることも稀《まれ》。毎月、決まった数の高座をこなし、批評家、同業の名人たちを唸らせる。孤高の大名人に頭を下げられ、緑は言葉を失った。

『では』

京楽は顔を上げると、悠々とガラス戸に向かう。その大きな背中には、緑の質問を封じる貫禄と迫力があった。

緑は頰杖をつき、編集部の薄汚れた壁を見つめる。

牧の笑い声がした。

「えらく悩んでいるじゃないか。さてはおまえさん、京太に惚れたか?」

「ば、馬鹿言わないでください」

頬が熱くなったのは、照れではない。真面目に取り組んでくれない、牧への怒りである。

「私は京太師匠が心配なだけです。いずれは京楽師匠をしのぐ名人になるって、編集長も言ってたじゃないですか」

牧は耳掻きで耳をほじりながら言う。

「まぁ、あのご面相だもんなぁ。顔の形は五稜郭、ホームベース、いや、ペンタゴン」

「編集長!」

「あのぅ」

いつの間にか扉が開いている。五角形の顔が戸口の前にあった。

「あ、ペンタゴン!」

思わずそう言ってしまってから、緑は口を押さえる。向かいでは、牧が腹を抱え笑っている。

充血した目を瞬かせながら、松の家京太が入ってきた。

「これを見ていただきたいんです」

京太が袋から取りだしたのは、風呂敷で包まれた、長方形の物体だった。

相当重要なものらしく、京太は神妙な顔つきで解いていく。知らず知らずのうちに、体が前に出た。隣に坐る牧はといえば、腕組みをしたまま薄く目を閉じている。何とも気のないそぶりだ。テーブルの下でスネを蹴っとばそうかと思ったが、風呂敷の中身に危害が及んではまずい。

緑が見守る中、姿を見せたのは、B4大の額。中は「切り絵」だった。

黒い台紙をバックに、三羽の鳥が水辺から飛び立とうとしている。背景にあるのは、桜の並木だろうか。羽を広げた鳥の躍動感、足許に散る水しぶき、等間隔に並んだ木。全体のバランス、構図、すべてが計算し尽くされている。緑も多くの紙切り芸を見てきたが、ここまで完璧な作品に出会ったことはない。

「こいつは、ゆりかもめかい？」

牧が額を顎で示しながら言った。その顔には、何の感動も浮かんでいない。

京太はそれを気にした風もなく、うなずいた。

「はい。十二月の鴨川《かもがわ》です」

「おまえさん、これをどこで手に入れた？」

「ちょうど一昨年の末になります。師匠のご自宅の大掃除に伺ったとき、洋服箪笥に放りこんであるのを見つけまして」

「それで、失敬したのかい？」

京太は気まずげに下を向く。緑は呆気にとられて、見事な切り絵に再び目を落とした。

牧の問いが飛んできた。

「緑君、この切り絵を作ったお人を、知っているかい？」

「季刊落語」編集部に配属されて三年。落語については一通りの知識を身につけた。芸の良し悪しも、それなりに見分けがつくようにはなった。だが、落語以外となると、からきし駄目だ。漫才、手品、漫談。いつも観客と一緒になって笑い転げ、牧にたしなめられる。

『昔は落語以外の演《だ》し物を〝色物〟なんて呼んでいた。そいつは大きな間違いさ。どんな演し物にも、創意と工夫があふれている。見ておいて、損はないぜ』

紙切りとは、一枚の紙から様々な形を切りだす芸だ。名人ともなれば、「藤娘」「鷹匠」といった定番だけでなく、お客のリクエストに応じ、あらゆるものを形にできる。しかもそれを、皆の見ている前で、しゃべりながら切っていくのだ。

できあがった作品は、黒い台紙に置いて客に見せる。そこにあるのは、一切のごまかしがきかない白と黒のみの世界。

緑は改めて、額に納められた作品を見た。

現在、「紙切り」芸で有名なのは、柳々斎一春《りゅうりゅうさいひとはる》とその息子二春《ふたはる》である。

だが、目の前の作品は二人の手によるものではない。

紙切りにも当然、演者の癖が出る。一春、二春の持ち味は、曲線を主体とした柔らかさにある。対して、額の中のゆりかもめには、荒々しいまでの迫力があった。羽先はピンと尖り、宙を突くかのように広げられている。桜並木の枝も、切尖《きっさき》のような鋭さを持っていた。

緑の答えを、牧は期待していなかったらしい。鋭い目で京太を見やると、

「こいつは、紙切り光影《こうえい》の作だな」

紙切り光影……。その名は、緑も聞いたことがあった。三十年前、関西を中心に活動していた、伝説の紙切り芸人である。

その芸を誰に教わったのかも不明なら、生まれ育ちも不明。彗星のごとく現れた天才紙切り芸人であった。

「でも編集長、光影師匠の作品は、残っていないのでは？」

「ああ。彼は高座で作った作品を、客に渡さなかった。ほとんど自分で持ち帰ってしまったんだ」

通常、客のリクエストで作ったものは、その客に進呈する。だが光影は、作品の流出をことのほか嫌ったという。理由は不明だ。贔屓の客や席亭がいくら言っても、この態度だけは変えなかった。

「それで、おまえさんの用件は何なんだい？　こいつを見せに来たのかい？」

いつになく素っ気ない物言いだ。若手とはいえ、相手は将来を嘱望される真打である。それなりの応対があるだろうに。

だが、京太は気にする様子もない。額を丁寧に風呂敷で包み、袋に戻して、ゆっくりと向き直る。

「実は、お願いがあります」

いよいよ来たか。緑は身構える。昨夜の一件に違いない。突然の破門騒ぎ。京楽との間に何があったのかは知らないが、おそらくそれに関係することだろう。

だが、京太の口から出たのは……。

「光影師匠を捜してほしいのです」

「は？」

肩透かしを食らわされた思いで、緑はつい口走ってしまった。

「光影師匠は三十年前、突然高座を離れられ、そのまま行方知れずとか。ご存命かどうかも判りませんが、牧さんたちのお力で居所を突き止めてほしいのです」

こうなると、緑には返答のしようがない。

一分ほどの沈黙の後、牧は口を開いた。

「光影師匠を見つけて、おまえさん、どうしようっていうんだ？」

「弟子にしていただきます」

京太はきっぱりと言い切った。対する牧は苦笑である。

「おまえさんは京楽師匠の弟子だ。今さら、光影の許へは行けないぜ」

「京楽師匠には破門されました。緑さんもご存じだと思います」

思わぬところで話が繋がった。

「京太師匠、すると昨夜の騒ぎは……」

「はい。私がこの切り絵を持ちだしたことがバレました。楽屋で説明を求められましたので、噺家を辞め、切り絵をやりたいと申し上げました」

「やれやれ、それで破門か」

牧は呆れ果てたという風で首を振る。だが、京太は大真面目である。牧の方へ身を乗りだし、

「私は本気です。この切り絵を見た瞬間、痺れました。今まで見てきたどの作品とも違う。これほどのものを作る人が、この世にいるのかと愕然としました。私は、私は……」

「切り絵に惚れたか」

「はい」

だが、京太は京楽一門期待の若手である。京楽も彼を買っており、ことのほか大事に育てていた。「親子酒」「宿替え」といった滑稽噺を早いうちから叩きこみ、落語の王道を行く名人に育てあげようと、意気ごんでいたのだ。

それが突然、紙切りに転向したいと言いだした。一門にとって、まさに一大事である。

「そりゃあ、京楽師匠が怒るのは無理もないな」

「育てていただいた恩を仇《あだ》で返すようなことになり、申し訳ないと思っています。だからこそ、何としても紙切りを会得したいのです」

「紙切りをやりたいのなら、一春師匠のところでもいいだろう」

「いいえ。たしかに一春師匠の芸は素晴らしい。日本一、いや世界一といってよいでしょう。ですが、私が惚れたのは光影師匠の作品です。弟子にしていただくのならば、光影師匠に」

どこまでも頑固な男である。

もっとも、京楽の秘蔵っ子京太を、一春が弟子にするわけもない。門前払いを食うのは目に見えている。

だが、懸命に頭を下げる京太の姿に、そのような打算の影は見られない。偶然見つけた光影の作品に、心底惚れたのだろう。

緑は、京太の姿に心を動かされていた。

「編集長、光影師匠の居所、知らないんですか?」

牧は顔を顰める。

「おいおい、緑君までその気になっちまったのか」

「このままでは、京太師匠が可哀想です」

「京楽師匠だって可哀想だ。昨夜の騒ぎ、今頃は一門に広まっているぞ。二人のやりとりを聞いていた者も多いんだろうし」

芸に生きるとはいえ、噺家はこうした噂に敏感だ。「破門」の一言には様々な尾ひれがつき、あちこちの楽屋で、恰好のネタになっていることだろう。

牧は京太に、ゆっくりとした調子で言った。

「切り絵に惚れたおまえさんの気持ちも判るがな、京楽師匠の許を飛びだすなんて、無茶だ。義理を忘れたわけでもないだろう」

「編集長、では師匠の頼みを断るんですか?」

「当たり前だ」

「そんな」

「京太師匠、おまえさん今年でいくつになる?」

唐突な質問に、京太も戸惑ったようだ。

「え……二十六になります」

「おまえさんが京楽師匠の許に入門したのは、いつだ?」

「十七のときです」

「これ以上、言わなくても判るだろう。おまえさんの決心がいくら固くても、今から紙切りに転向するのは無理だ」

「苦労は覚悟の上です」

「やれやれ……」

牧はため息をつき、下を向いてしまった。そんな態度が、緑には歯がゆくてならない。

「編集長、今日に限って、どうしてそんなに弱気なんです？」

「弱気？」

「師匠の気持ちを考えろとか、歳だから止めておけとか、編集長らしくありませんよ」

「おいおい、ひどい言い種だな。俺だって、人並みの常識は持ってるつもりだぞ」

「よくもまぁ、そんなことが言えますね」

「緑君、何をそんなに怒ってる？　俺の言ってることは、間違っているかい？」

「間違ってます。京太師匠がここまで言ってるんじゃないですか。せめて光影師匠を捜すくらい、してあげても」

「駄目だ」

「編集長！」

「京太ほどの芸人を、みすみす潰してたまるかよ」

「判りました。なら、私がやります」

「何？」

「私が光影師匠を捜します」

そう言い放ち、緑は立ち上がった。京太が唖然として見上げている。

「京太師匠、行きましょう。まずは、光影師匠が出演していた寄席を当たります。昔のことですが、席亭なら覚えているだろうし、記録も残っているはずです」

「あの、緑さん」

「何です？　早く行きましょう」

「光影師匠ですが、東京の寄席には一度も出演されていません」

「え？」

「東京だけじゃない。光影師匠は、京都にある鴨居《かもい》亭にしか出演されなかったんです。だから、師匠を捜そうと思ったら、まず京都に行かないと」

「京都……」

ふとテーブルを見ると、いつの間にか休暇届の用紙が置かれている。横には悪戯小僧のような笑みを浮かべた牧。

「行ってこい。ただし、急いだ方がいいぞ。京楽師匠が破門の件を協会に届け出れば、京太はどの寄席にも出演できなくなる。今のところ、京楽師匠は静観しているが……。保《も》ってあと三日か」

三日後といえば、若手会の最終日だ。その日に合わせて、京楽は京太の破門を届け出るつもりなのか。

「判りました。三日のうちに、光影師匠を見つけてみせます」

三

新幹線ホームを下りたところで、緑は立ち止まった。どちらに行ったらよいのか、まるで判らない。足早に行き交う観光客は、自分のことだけで精一杯のようだ。皆、ラッシュアワーのサラリーマンのような顔をしている。

道を尋ねることもできず、緑は案内板に目を戻す。「八条口」「JR乗り換え口」「ポルタ」、それらが何を示しているのか、まるで判らない。

緑が京都に来たのは、今回で三回目になる。だが前二回は中学、高校の修学旅行で、担任教師の後をおとなしくついて歩くだけ。案内表示に気を配ったことすらなかった。

それにしても、この案内板の不親切さはどうだろう。観光地とはとうてい思えない。

到着早々この有様。自然と気分が荒んでくる。自分はいったい何をしているのだろうか。ついそんなことを考え落ちこんでしまう。

やはり牧の言うことは正しいのだろう。地理も判らない者が、三十年も前に行方を絶った芸人を捜す。それも二日以内に。

とても無理だ。

その場に坐りこみそうになって、緑は我に返る。名人の座を捨て、紙切りに賭けようとする京太の志を、無にしてはならない。弱気を振り払い、再び歩きだす。

まずは行動だ。牧に休暇届を叩きつけたのが一昨日。昨日一日かけて大体の仕事を終わらせ、今朝一番の新幹線に飛び乗った。疲労を感じている暇はない。

緑は乗り換え口の係員に、地下鉄の乗り場を尋ねた。改札を出たところにある階段を下りれば、すぐだという。

礼を言って改札を抜けた。

まず目指すのは、光影が出演していたという寄席、鴨居亭だ。北区出雲路《いずもじ》にあり、地下鉄の鞍馬口《くらまぐち》が最寄り駅らしい。地下鉄烏丸《からすま》線に乗って六駅。タクシーを使いたいところだが、そんな余裕はない。

新幹線コンコースと違い、地下鉄乗り場は閑散としていた。入ってきた国際会館行に乗る。一駅一駅の間隔は短く、六駅といっても十三分ほど。東京の感覚でいると乗り過ごしてしまいそうだ。

鞍馬口駅は、これまた閑散とした小さな駅であった。観光客は姿を消し、サラリーマンや学生の姿が多い。

緑は地図を片手に地上に出た。目の前の道路が烏丸通であることを確認する。まっすぐ北に進めば、北大路通にぶつかる。

出雲路は向かって右側の一画であるらしい。鞍馬口通という路地に入った。一方通行の細い道だ。番地を確認しながら、歩いていく。

左に上善寺《じょうぜんじ》、右に天寧寺《てんねいじ》。住宅街の真ん中、何げないところに寺がある。

さらに進むと賀茂《かも》街道を行く車の往来が見えてくる。その先が賀茂川だ。

街道と出合う十字路の信号を、右に折れる。道を挟んだ左手には、賀茂川と広大な堤防が続いている。両側に植わっているのは、桜である。春に来れば、さぞ見事な景色が見られるだろう。

鴨居亭は、蕎麦屋の一つ先、垣根に囲まれた敷地にあった。

商家を改造したという木造二階建て。門の前には提灯《ちょうちん》と出演者を知らせる看板が並ぶ。こうした光景がまったく奇異に映らないところが、やはり京都である。

今月は、露野《つゆの》権左《ごんざ》一門会が開かれるらしい。昼、夜の二部制ではなく、午後六時開演となっていた。

午前中であるから、内部はひっそりとしている。一応、訪ねる旨《むね》は席亭に連絡しておいたが……。

格子戸に手をかけると、カラカラと軽快に開く。

鴨居亭は、戦前から続く寄席である。現在、席亭を務めているのは池松文定。落語界の生き字引として有名だった先代、池松文夫の息子だ。

薄暗い土間には、木製の靴入れが並ぶ。その向こうは板敷きの廊下になっているが、明かりが消えているため、奥まで見通すことはできない。

「あの、すみません」

右手の格子窓に明かりがついた。横開きの木戸が軋みながら開く。顔をだしたのは、六十前後と思われる男性だった。焦茶のジャケットを羽織り、乱れた白髪を掻きあげる。

「はい、何でしょう」

「東京から参りました、間宮緑と申しますが」

「間宮……さん」

欠伸《あくび》を嚙み殺しながら男は言った。

「『季刊落語』の間宮です」

「ああ、光影師匠の話を聞きたいと言わはった」

「はい」

「いや、それはすんません。来られるのは午後と思てたもんやさかい。私、席亭の池松文定と申します」

目を擦りながら、頭を下げる。

「昨夜は露野権左師匠と飲んでましてね。いやあ、あの師匠、強いのなんの。明け方までやってまして、ようよう帰らはったのが、六時ですわ。私、自宅は長岡京《ながおかきょう》なんですけどね、とても帰る気なんておきしまへん。ここに戻ってきて、ばたんきゅー。間宮さんが起こしてくれへんかったら、昼過ぎまで寝てるとこでしたわ」

早口でまくしたてる池松に、緑はただ圧倒された。合いの手を入れる間もない。会話の主導権は、寝癖をつけた初老の男に移ってしまった。

「どうぞこちらへ。そんなこんなで掃除も何もできてませんけど」

池松は出てきた部屋に、緑を通した。三人がけのソファが一つ。事務机にはノートパソコンがあるだけ。窓には磨りガラスがはまり、天井もかなり低い。壁際には木製の本棚が据えられており、落語の速記本など貴重なものがずらりと並んでいる。

池松は、奥のソファを緑に勧めた。背や肘かけには、うっすらと埃が溜まっている。

「すみませんな、お客さんなんてめったに来んもんやから」

「どうぞ、お構いなく」

お茶が出てくる気配もないが、緑はそう言って、向かいに坐った池松に目をやった。

「それで、光影師匠の件なんですが」

「そのことなんやけどねぇ」

顎をさすりながら、池松は言う。

「私、今年で五十九になりますのやが、席亭を継いだのは、十年ほど前。光影師匠については、よう知らんのです」

「資料のようなものは残っていないでしょうか」

「そのへんも含めて、親父の残した本を調べてみたんですがね……」

と背後に並ぶ本棚を指さす。

先代の席亭池松文夫は、十一年前、八十で他界した。次々と姿を消していく定席寄席を守り、上方《かみがた》落語の復興に努めたとして、上方落語功労賞を贈られた直後のことであった。

文夫が生きていれば、光影探索はもっと容易であったろうに。

本棚に収められた本は、文夫が蒐集した、落語に関する貴重な文献ばかり。本の閲覧目当てに、東京などから来る噺家もいるという。

「間宮さん、光影師匠については、どのくらいご存じなんです?」

「それが、資料がどこにもないんです。顔写真はおろか、活躍された時代すらよく判らなくて」

「高座に出ていた期間は、相当短いようですな。三年ほどやないでしょうか。『神業光影』と言うて大評判になったんが、一九七四年頃。それにしても、『神業』とはうまいこと言いますなぁ。神と紙をかけたんですな。で、姿を消さはったんが一九七六年の末頃。前後入れて、まあ三年半ですやろか」

池松は緑よりよほど詳しい。

「高座に出る恰好も、昔とはいえちょっと変わってたらしいですな。いつもタキシードに蝶ネクタイ」

「蝶ネクタイ？」

「ええ。髪をオールバックにして、黒い円《まる》めがねをかけてたらしいです。紙切りというより、手品師ですわ」

緑は身を乗りだした。

「東京で色々当たってみたのですが、そうした情報はまったく掴めませんでした。写真や絵も残っていなくて、容姿すら判らなかったんです。池松さんは、どこでその情報を？」

途端に、池松の顔が曇った。

「実は、光影について書かれた本が二冊あったんです。薄いものですが、『芸人列伝』という読み物と、『紙切り考』という紙切り芸の考察本。それに今言ったことが書いてありまして」

「その二冊はここにあるんですか？」

それだけの資料があれば、光影の人となりを知ることができる。

だが、池松は力なく首を振った。

「それがですな、どこを捜してもあらへんのです」

「は？」

「見当たらんのです」

「そんな……」

「昨年、小火《ぼや》がありましてね。ここの本を表に運びだしたことがあるんです。そのとき、ついでやというんで、きちんと分類し直しました。そんときは、全部揃ってたんですが」

「なくなっているのに気づいたのはいつ頃ですか？」

「二か月ほど前ですなぁ。図書目録をパソコンに入力しようと思いまして。調べたらあらしまへん」

光影について書かれた本が、二冊とも消えてしまった。タイミングからして、今回の件と符合しすぎる。果たして、ただの偶然なのだろうか。

「その本、盗まれたということはありませんか？」

池松はきょとんとした顔で、緑を見返す。

「そらまた、いったいどういう目的で？」

「いえ、別に深い意味はないのですけど」

「まあここの本は、色んな師匠たちが借りていかはります。こちらの立場としては、それを断るわけにもいかず、黙認してますのや。そやけど、今までに本がなくなったことはありませんで」

「一般の人はどうです？　そうした本を集めている人とか」

「それも難しいと思いますな。今はこんなんですけど、昼になれば事務員も出てきます。基本的に一般の人は立ち入らせんようにしてますさかい」

「夜間はどうです？」

「警備会社に頼んでますし、それなりのことはしてるつもりです。第一、好事家が盗んでいくのやったら、もっとええ本がありまっせ。あんな本持っていったかて、なんぼにも売れへんやろうし」

「となると、本はどこへ行ったのでしょう」

「それが判らんのでねぇ、困ってますのや」

池松は頭を掻く。

「その本、どこかで手に入りませんか？」

「両方とも自費出版みたいなものでね。部数も少ないし、持ってる人がおるかなぁ。難しいと思いますな」

「著者の方に会えませんか」

「お二人とも亡くなってます。まあご遺族のところにあるかもしれませんが、一人は高知、一人は新潟でっせ」

運命が緑に意地悪をしているとしか思えない。それでは二日という期限に間に合わない。消えた本については、あきらめるよりないようだ。

「では、池松さんの他に、光影師匠について詳しい方はいらっしゃいませんか？」

これに対しても、池松は難しい顔を崩さない。

「今も言うたように、光影師匠は謎の多い人やからね。経歴もはっきりしない。文献も少ないし、知っている人もおりません。せめて、うちの親父が生きておったらねぇ」

いきなり分厚い壁に突き当たった。だが、ここで引き下がるわけにはいかない。緑は粘った。

「光影師匠の作品は残っていませんか？　書でも、絵でも」

「ご承知かと思いますが、師匠はご自分の作品を持ち帰られる主義でしたから」

「では、顔写真なんかはないのでしょうか」

「作品すら残していかれない方やからねぇ、顔写真なんてとても」

「そうですか……」

緑は次の一手を考える。

「ここにお勤めだった方で、光影師匠をご存じの方は……」

「それも考えてみたんですけどな、何しろ昔のことですさかいなぁ。居所の判らんようになった人もいれば、亡くなった方もおられて……」

池松はそこで、言葉を切った。顔を上げ、まじまじと緑の顔を見る。

「間宮さん、取材やとおっしゃってましたが、光影師匠の特集でも組まれるんですか？」

鴨居亭を訪ねるに当たって、京太の一件は伏せておいた。噂の火種を関西にまで飛ばすことはない。

嘘も方便。緑はうなずいた。

「ええ。たまには紙切りの特集をやってみようかと……」

「それやったら、もう一度きっちり捜してみるんでしたなあ。実はここの本棚だけでは収まりきらんと、上方落語組合の事務所にも預けてあるんです。さっきの二冊、手違いでそっちに紛れこんだのかもしれませんな」

「そこに行けば、見つかるかもしれないんですね」

「そら行ってもかましませんけど、本置き場はえらいことになってまっせ。昔のネタ帳やら出演者目録やら、一緒になってますさかい。全部で五千冊くらいやろか」

五千冊……。埃まみれの本と格闘しているだけで、期限の二日が終わってしまう。

落胆のため息が出た。緑の落ちこみようを見て、池松もまたしゅんと肩をすぼめ、机の上にある写真に目をやった。前髪を垂らした中年の男が、にこやかに笑っている。目許などは、文定にそっくりだ。緑は初めて見る顔だが、おそらく池松文夫なのだろう。

「親父が生きていてくれたらと思うのは、こんなときですわ。ほんま……待てよ」

池松の眉がぴくりと動いた。

「写真、もしかしたら、光影師匠の写真があるかもしれませんで」

池松から離れかけていた気持ちが、引き戻された。

「本当ですか？」

「親父が言ってたことですけど、この近所の写真館で、光影師匠の写真を撮ったことがあるそうで。パンフレットに載せるために、頼みこんで一枚だけ撮らしてもらったとか。パンフレットはもう残ってませんけど、その写真、ひょっとしてまだ残ってるかも。撮った当人は亡くなっていますが、息子が店を継いでいます」

緑は既に立ち上がっていた。

「写真館の場所を、教えてください」


写真館「若林」は、鴨居亭から歩いて十分足らずのところにあった。

出雲路橋を渡り、賀茂川の対岸へ。住宅街の真ん中を突っ切ると、鴨居亭同様、古びた木造の二階屋が見えてくる。

看板は風雨にさらされ、若林の文字はほとんど消えかけている。中央に両開きのガラス扉。左右には、写真を飾るためのウインドウが設《しつら》えてある。

だが、扉には「閉店」の札、ウインドウには紫のカーテンが下りていた。

外壁のペンキははげ、ガラスは埃だらけだ。それだけ見ても、この写真館が既に営業していないと判る。

それでも緑は、壁の呼鈴を押した。室内で、チャイムが鳴る。

突然、ウインドウのカーテンが開いた。汚れたガラス越しに覗いたのは、デニムのシャツを着た、四十前後の男である。

間もなく、鍵を外す音がして扉が開いた。

「間宮緑さんですね。私、若林茂雄と申します」

関西弁ではない。

「突然押しかけて申し訳ありません」

「今、池松さんから電話がありました。光影という人の写真を探しておられるとか」

緑は茂雄に名刺を渡す。

「『季刊落語』ですか……」

落語にさほどの関心はないようだ。

緑は、室内に目をやった。写真機材も何もない、がらんとした板の間。隅には埃が溜まっている。

緑の視線に気づいたのか、茂雄は後ろを振り返った。

「写真館は閉めることにしました。親父の代からやってきましたが、こういう商売を続けていられる時代でもないでしょうから……」

京都という神通力をもってしても、止められないものはあるのだ。

感傷にひたりつつも、緑は本題を切りだした。

「それで、光影師匠の写真なのですが」

茂雄の表情が硬くなる。

「池松さんには申し上げたのですが、その写真、私の手許にはないのです」

「え？」

「昨日でしたかな、上方落語組合の人が来て、持っていかれました。何でも、回顧展をやるから写真を貸してほしいと」

「何ですって？」

「男の人が一人で見えました。親父の残した写真は、一か所にまとめてありましたので、勝手に探してもらうことにしました。私は落語のことはよく判りませんので」

上方落語組合による回顧展など、初耳だ。

「借りに来た人は、名刺か何か置いていきましたか？」

「いえ。ただ、組合から来たと」

「それは、どんな人でした？」

茂雄は眉間に皺を寄せ、首を傾げる。

「さあ、どことといって特徴のない人でした。グレーのスーツを着て、銀縁の眼鏡をかけてました。白髪頭を真ん中で分けて、物腰も丁寧でした。あの、そのことが何か？」

「いえ。私もこれから、落語組合に行ってみようと思っていましたので」

「それだったら、名前くらいきいておくべきでしたなぁ」

茂雄は呑気なことを言っている。写真館を継いだとはいえ、もともと父親の仕事に思い入れはなかったのかもしれない。

「どうもお手数をかけました」

礼もそこそこに、緑は写真館を後にする。

緑に先んじて、光影の写真を借りていった男。京太の破門騒動、鴨居亭から消えた文献。これらの動きはすべて偶然なのだろうか。あまりにもタイミングが合いすぎる。

嫌な予感を抱きつつも、緑は下鴨《しもがも》本通を目指した。上方落語組合事務局があるのは、中京区寺町《てらまち》通御池《おいけ》上る。バスで約二十分の距離である。

四

「光影師匠の回顧展なんて知りまへんな」

パソコンの前に坐った事務員が、肩を竦《すく》める。

上方落語組合の事務局は、京都市役所の裏手、お世辞にも綺麗とは言えない雑居ビルの三階にあった。エレベーターはなく、階段はやたらと蹴上げが長い。

息を切らして上りきったところには、塗り直したばかりの鉄扉があった。そこに貼りつけられているのは、「上方落語組合事務局」と書かれたプレートだ。定席の寄席が失われ、発表の場が次々と奪われていく。上方落語界の抱える問題も、この有様を見れば、何となく理解できる。

事務局内には中年の男性職員が一人いるだけだ。カウンターの向こうのパソコンで、オセロをやっていた。その奥、間仕切りの向こうからは、テレビの音が聞こえる。

緑が入っていくと、パソコン前の職員が慌てて画面を消した。

「何かご用で？」

愛想笑いを浮かべる男に、緑は回顧展について尋ねたのだが……。

「組合主催でのイベントはここ数年、一度も行われていませんで」

「でも、若林写真館の方は……」

「何かの間違いと違いますか。第一、そんな歳の職員、うちにはいてませんで」

緑はため息をついた。考えられる可能性は二つ。事務員が嘘をついているか、ついていないか。

おそらく後者だろうと緑は思った。「季刊落語」の編集者である緑に対し、光影回顧展のことを隠す理由は何もない。

どうやら、嫌な予感が当たったようである。若林写真館を訪れた男は、何らかの目的を持って、光影の写真を持ち去ったのだ。

一筋縄ではいかないと覚悟していた光影探索だが、これは予想をはるかに超えている。

ここまでか。あきらめかけた緑の頭に京太の声が甦る。

『私が惚れたのは光影師匠の作品です。弟子にしていただくのならば、光影師匠に』

緑はカウンターに手をついて食い下がった。

「光影師匠の資料があれば、見せていただけませんか」

「資料というてもねぇ。光影師匠はうちの組合員とは違いますのやろ。ここで管理しているのは、組合員の名簿と演芸場への出演状況だけですさかい」

まるで話が嚙み合わない。

「ですから、光影師匠というのは、今から三十年前にですね……」

緑が語気を強めたとき、間仕切りの向こうから声がした。

「大きな声やな。寝てられへんがな」

ぬっと顔をだしたのは、坊主頭の男。黒のジャージに茶のトレーナーという恰好だ。邪気のない笑みを浮かべた男は、大きく伸びをする。

「光影師匠にえらいご執心なんですなぁ」

そう言って、カウンターに置いた緑の名刺を見る。

「わて、大阪の玉造《たまつくり》演芸場で社長をやってる、岡倉《おかくら》いいます」

銅鑼《どら》を打ち鳴らすような大声に、緑は思わず後ずさった。岡倉は事務員の背中を叩き、言った。

「ほら、ぼさっとしとらんと、茶くらいださんかい」

事務員はぴょこんと飛び上がり、奥に消えた。

岡倉は太い腕を組み、緑に向かう。

「演芸場とはいうても、昼間は暇でな。ここで事務の真似事をさせてもろてますのや」

緑は頭を抱えたくなった。次から次へと、妙な男ばかり出てくる。

そんな緑の様子を見て、岡倉は豪快に笑う。

「そんな顔せんでもよろし。あんたが言うてる男な、ここに来たで」

言葉の意味を把握するまでに、数秒を要した。

「男って、グレーのスーツ姿の男ですか？」

「昨日のことや。こいつが飯食いに行っとるときやから、昼時やったな」

岡倉は、空になった椅子を叩く。茶を淹れに行った事務員はまだ戻ってこない。

「男はここで何をしていったんですか？」

岡倉は二つ目の大欠伸をすると、潤んだ目で緑を見返す。

「そんなことよりきいて、どないしますの？」

寄せては引く。巧みな応酬に、緑は翻弄されてしまう。

「どうするって、その人はこちらの名前を騙って、光影師匠の写真を持っていってしまったんですよ」

「名を騙られるようになったとは、この組合も一人前やな」

「そういう問題じゃありません」

まるで牧を相手にしているようだ。

「とにかく、光影師匠に関する資料が欲しいんです」

「そやけど、その男がきいてきたのは、光影師匠のことやあらへんで」

「え?」

「男が調べていったのは、鴨居亭の先代席亭、池松文夫についてや」

岡倉はそう言って、ニヤリと笑う。文夫と光影の繋がりは深い。この男は、すべて承知の上で話しているのだ。

緑は冷静になるよう、自分に言い聞かせる。

「文夫さんの何を調べていったのでしょう」

「あんた、何でそんなにその男のことを気にしますの? そもそも、何で光影師匠のことを調べようなんて思わはったんです?」

「うちの雑誌で光影師匠の特集を組もうと思っているんです。その男は、ライバル誌の編集者かもしれません」

「『季刊落語』にライバル誌なんて、ありましたかな？」

これ以上ここにいても、得るところはなさそうだ。

「待ちなはれ」

岡倉の鋭い声。緑の全身に痺れが走った。恐る恐る振り向くと、さしだされたのは一枚の紙だ。

「男が持っていった資料のコピーや。文夫さんが亡くなった翌年、追悼の会が開かれた。男が欲しいて言うてきたんは、そのときの出席者名簿や。光影師匠について調べてはるのやったら、役に立つかもしれへん」

紙を受け取りつつも、緑は混乱していた。光影はどこにいるのか、光影の資料を持ち去るのは何者か。そして、岡倉はなぜこの資料をくれるのか。様々な疑問が、頭に渦を巻いた。

岡倉は、小馬鹿にしたような笑みを浮かべた。

「そんな顔、せんでもええ。東京から、わざわざ来たんや。このくらいのことは、さしてもらうで。それから、もう一つだけ言わしてもらうけどな、ここの事務所が冴えんからいうて、上方落語を馬鹿にしたらあかんで。こっちの人間はな、堅苦しゅう、組織作ってあれこれやるんが嫌いなんや。一門それぞれが、自己流のやり方で頑張ってる。そこんとこも、見てやってな」

一息にまくしたてると、岡倉は仕切りの向こうに消えた。事務員はまだ出てこない。礼を言うタイミングを逸し、緑は黙したまま表に出た。

収穫は手にした紙一枚。日は高いが、西に傾きつつある。目の前を走る河原町《かわらまち》通は車でいっぱいだ。路上駐車している車を避け、タクシーが路線バスが、クラクションを鳴らしながら行き過ぎる。たちこめる排気ガスの中、緑は資料に釘づけとなっていた。

そこに記されているのは、手書きのリスト。池松文夫追悼会の出席者名簿である。その中ほどに、墨で書かれた名前があった。

『紙切り光影』

五

「光影師匠ねぇ」

座敷に坐った老人は首を捻った。答えが出るまで、緑は辛抱強く待つ。

左京区岡崎《おかざき》にある熊田秀彦《くまだひでひこ》の屋敷だ。河原町三条で呉服屋を経営する男は、茶のスウェットにスラックスという予想外の恰好で、緑を出迎えた。四百坪の屋敷は手入れが行き届いて、塵《ちり》一つ落ちていない。磨きこまれた廊下は、鈍く光る陶器のよう。通されたのは、二十畳はあろうという奥座敷だ。入れ替えたばかりとみえ、畳の香りが漂っている。

「光影師匠ねぇ」

老人はまだ考えている。緑は小さな助け船をだした。

「十年前のことです。池松文夫さんの追悼会でのことなのですが」

三十年間、まったく消息の知れなかった光影。その彼が、十年前に一度だけ、公衆の場に姿を見せていた。思いがけぬ手がかりに、緑は奮い立つ。

リストに記された名前は全部で二十。名前と住所、連絡先が手書きされている。この十九名は、十年前の光影に会っているのだ。

緑は、上から順番に住所を調べていった。出席者は全国から集まっており、北海道や九州の者までいる。明日までに全員を当たるのは不可能だ。とりあえず、京都市内に住んでいる者をピックアップする。

その数は七人。

携帯電話を使い、道端で片っ端から連絡を試みた。七人中、連絡不能の者が三人、他界した者が二人、転居し京都を離れた者が一人。残ったのは、呉服屋社長の熊田秀彦ただ一人であった。

落語組合の事務局から岡崎までは、バスで二十分足らず。刻々と過ぎる時間を恨めしく感じながら、緑はすがる思いで熊田を訪ねたのだ。

熊田老人は、宙を見つめたまま動かない。緑の焦りは募るばかりである。

「何か思いだせませんか?」

つい口に出してしまった。熊田老人の顔がきりりと引き締まる。厳しい目で緑を睨むと、

「今、思いだそうとしてるんやないか。黙ってなはれ」

一喝された。金輪際、京都の人間とは口を利かない。そう心に誓いつつ、緑は波立つ心を抑えこんだ。

「ところで」

しばしの沈黙の後、熊田が言った。先とは違い、気味の悪いほど柔らかな口調だった。

「あんた、何で光影師匠のことを調べていなさる」

緑は雑誌の取材をするためと答えた。京都に来て以来、その「方便」で通している。

熊田は表情を変えぬまま、また黙りこむ。腹の中で何を考えているのか、まるで判らない。京都で生きてきた老人。緑の手に負える相手ではない。

「あんた、この仕事に就いて、どのくらいになんなさる」

話題が飛んだ。意表を衝いたつもりなのだろうが、この程度のことは牧で慣れている。

「三年になります」

「むろん、上司がいますのやろな」

「はい」

「光影師匠のことを調べさすのに、あんたを一人で京都に来させた。解せんな」

面と向かってこうまで言われては、緑といえど黙っているわけにはいかない。

「たしかに、私一人では頼りないかもしれませんが……」

「いやいや、そういう意味ではないんや」

老人が慌てて手を振った。

「あんたのことを軽うに扱ってるわけやない。ただ、あんたの上司の肚《はら》がな、読めんのや」

牧を狐に譬《たと》えるなら、目の前の老人は狸とでもいうべきか。

「それは、どういうことでしょうか。うちの牧をご存じなんですか？」

「いや、会ったこともない。名前も初めて聞いた。そんなことはどうでもええんや」

熊田は蠅《はえ》でも追うように、右手を振る。

「それにしてもなぁ、解せんことやなぁ」

いよいよもってわけが判らない。さっさと暇《いとま》を告げたいところではあったが、肝心なことは何一つきいていない。

「それで、光影師匠についてですが……」

「申し訳ないけどな、わし、光影師匠については何も知らんのや。あの人が今どこで何をしているのかも知らん」

「でも、十年前……」

「たしかに会いましたで。そやけど、ただ会っただけや。師匠は坐って、人の話を聞いてなさった。それだけやった」

「何か手がかりになるようなことは……」

「知りまへん」

「写真か何かお持ちではありませんか？」

「写真？　そんなもん、どないするつもりや？」

「せめて顔写真でもあれば、捜しやすいかと思って」

「それ持って、日本中回るつもりか？　どっちにしても無茶なことやで」

「それでも、何もないよりはマシです」

「えらい熱の入れようやな。あんた、取材の度にそない一生懸命になるんか？」

いつの間にか、相手のペースに乗せられている。緑は泣きたくなった。東京に戻り、慣れぬ京都を走り回って、結局、写真一枚手に入れることができなかった。

京太に何と言えばいいのだろう。

「そんな悲しそうな顔せんでもよろし。ところでな、あんた佐分利敏三《さぶりとしぞう》ていう名前、知ってるか」

「佐分利？」

「伏見区南浜町の佐分利敏三や」

その名前……。

緑は追悼会出席者のリストをだす。上から三番目に佐分利の名があった。住所は伏見区になっている。電話をしたときには、義理の娘という女性が出た。彼女の話では、敏三氏は四年前に他界したとのことだったが。

熊田は低い声で続けた。

「佐分利は趣味人でな。絵を描いたり、楽器をやったり、色々なことに手をだしとった。まあ、一つとしてものにはならんかったけどな。十年前はちょうど絵に凝ってたときや。あの日も師匠の顔をせっせと描いてたで。写真嫌いの師匠やったが、老人が描いている絵を取り上げることもできず、苦笑いしてそのままにしておかはった。あの絵、今でもあるんと違うかな」

緑はリストをバッグにしまうと、そのまま立ち上がった。

「ありがとうございます。これから、お訪ねしてみます」

熊田は老獪《ろうかい》な笑みを浮かべる。

「えらい忙《せわ》しないことや。まあ、佐分利を訪ねたところで、もう一度、ゆっくり考えてみなはれ。あんたがなぜ、ここに来たのか」

思わせぶりな言葉の向こうには何があるのだろう。この老人は、間違いなく何かを知っている。だが、正面きって尋ねたところで答えてくれるわけもない。

もどかしさが募るが、今は与えてもらった手がかりに集中すべきだろう。

だが、あと一つきいておかねばならないことがある。この屋敷に来て以来、気になっていたことだ。

「もう一つだけ質問させてください。昨日、男の人が訪ねてきませんでしたか？」

「男？」

「はい、グレーのスーツを着た、品のいい紳士です。銀縁の眼鏡で髪を真ん中分けに……」

「いいや、来てないで」

緑は熊田の表情に目を凝らす。熊田は苦笑した。

「そんな目で見んといて。嘘はついてへん」

熊田にとって緑を欺《あざむ》くくらい、朝飯前であろう。だが、その真意を確かめる術《すべ》を、今の緑は持っていない。

「色々ありがとうございました」

釈然としないものを感じつつも、緑は屋敷を後にした。

「まあ、しっかりやんなはれ」

熊田の声が追ってきた。

六

タクシーを降りたところは、酒蔵の並ぶ、閑静な場所であった。石畳の道を観光客の一団が往く。夕闇の迫る時刻だというのに、駐車場には数台の観光バスが並んでいた。

所番地だけを頼りに、佐分利の家を捜す。奮発してタクシーに乗ったまではよかったが、ひどく態度の悪い運転手に当たってしまった。緑の話を聞きもせず、適当なところで降ろしたらしい。

小学校と寺の間を抜け小道に入る。目指す家は、その正面に現れた。瓦屋根の小さな家。表札にはたしかに佐分利とあった。

訪ねる旨は、タクシーの中から携帯で連絡してある。インターホンを鳴らすと、間もなく戸が開かれた。

顔を見せたのは、五十代後半と思しき女性だ。電話に出た義理の娘であろう。

「佐分利早苗《さなえ》と申します」

丁寧に頭を下げるが、部屋に上げるつもりはないらしい。玄関先での立ち話となった。

「お電話では、父の絵をお探しとか」

「はい。十年前、敏三さんが描かれたということなのですが」

緑の言葉に、早苗の顔が綻《ほころ》んだ。きょとんとしている緑に、彼女は慇懃に頭を下げる。

「すみません。父は、えらい人気者やったんやなと思いまして」

「人気者？」

「はい。昨日も、父のことをききに来た人がいましてな」

血の気が引いていった。

「昨日？　昨日、男が来たんですか？」

「へえ。光影師匠について調べているとか言うて」

やられた。また先を越された。

「その人もやはり、佐分利さんの絵を？」

早苗がうつむいたまま、くすくすと笑った。小馬鹿にされているようで、気分のいいものではない。

そうした心の動きが伝わったのか、早苗は真顔に返った。

「そのお人が絵を持っていかはったのなら、間宮さんからお電話いただいたときに、そう申し上げてます」

「では、男の人は何を？」

「カセットテープを貸してくれと」

「カセット？」

「へえ。実を申しますと、父は追悼会でのやりとりを、こっそり録音してましたんです」

「絵だけではなく、音も録っていらした？」

「小型の録音機を忍ばせていきましてな。深い意味はなかったと思いますけど」

「昨日来た男は、そのテープを持っていったのですね？」

「何でも、落語組合の方で資料として保存したいからとか」

「人相は判りますか？」

早苗はそこでまた、油断のならない笑みを浮かべる。

「そら応対に出ましたんやさけ、判りますけど。そんなこと聞いてどないしはりますの？」

また同じことをきかれた。

「ライバル誌の編集者かもしれないんです」

緑も同じ嘘で乗り切ることにした。早苗は「そうですか」と小さくうなずくと、

「背広姿にネクタイ、銀縁の眼鏡をかけてましたな。白髪頭で、歳の頃はよう判りませんでした」

間違いない。光影の写真を持ち去り、落語組合を訪ねた男だ。

しかしその男は、肝心の絵は置いていったという。

「では、佐分利さんが描かれた絵を、見せていただけますか」

「へえ。ここに用意しておきましたけど」

靴箱の上に置かれた筒は埃まみれで、端が擦り切れている。杜撰《ずさん》な管理下にあったようだ。

早苗は埃だらけのまま、緑にさしだす。気が回るのだか回らないのだか。

だが今は、光影の絵だ。緑は筒の蓋を取り、中身を引っ張りだした。端の方が変色した粗悪な紙。下手に引くと破けてしまいそうだ。気を遣いながら、ゆっくりと開いていく。

「これは……」

正座した男の横顔が描かれている。ぴんと背筋を伸ばし、真正面を見つめる男。だが、肝心の顔かたちは、擦れていて判別できない。鉛筆で描いたものを、丸めたまま何年も放っておいたのだろう。

早苗は申し訳なさそうに頭を下げる。

「絵は趣味みたいなもんやから言うて、あまり大事にはしませんでした。私らも絵のことは何も判りまへん。屋根裏に放りだしたままでして」

緑は絵を巻き直し、筒に入れた。

これで手がかりは完全に途絶えてしまった。

次の手を考えるが、もはや何も浮かばない。あるのは疑問ばかり。光影は何者なのか。なぜ、突然姿を消したのか。そしてテープを持ち去ったのは誰なのか。その目的は。

こんなとき、編集長ならどうするだろう。そう考えたとき、熊田の言葉が甦った。

『あんたがなぜ、ここに来たのか』

頭のどこかで、スイッチが切り替わった。

そうか！

自然と笑みがこぼれる。緑は携帯電話を取りだしながら、早苗に頭を下げた。

「どうも、ありがとうございました。助かりました」

「あの、この絵はどないしましょう？」

「元の場所に戻しておいてください。もう必要なくなりました」

「はぁ」

「では、失礼します」

そんな緑を、早苗は気味悪そうに見つめていた。

七

思った通り、編集部にはまだ明かりがついていた。緑は一息に扉を開け放つ。

「もうお帰りか、早かったな」

間延びした声が聞こえた。奥にある応接用のソファで牧が伸びをしている。

緑は何も答えず、中に入る。牧は上体を起こし、緑を正面から見据えた。寝起きを装ってはいるが、目には鋭い光が宿っている。

「一晩、泊まってくるんじゃなかったのか？」

「京都にいる必要がなくなったので、戻ってきました」

「そうか」

「編集長は今日、何をなさっていたんです？」

「帰る早々チェックが入るとはな。大丈夫、ちゃんと仕事をしていたさ。今月分はすべて終わらせたぞ」

牧は机の上のゲラを指さす。

「では、昨日一日、何をしていたんです？　昨日は一度も顔を見せませんでしたね」

「取材に行ってたのさ」

「もっと具体的に言ってください。どこへ行って、誰と会ったか」

「おいおい。いくら何でもひどすぎるぜ。まるで尋問だ」

「言わないのなら、私が言います。編集長は昨日、京都にいたんです」

「どうして、そう思うんだ？」

否定も肯定もしない。牧は目を細めて様子を見ている。

「考えたんです。なぜ私が、一人で京都に行くことになったのか」

「京都行きは、おまえさんが一人で決めたことだ。俺は何もしていないぜ」

「それも手の内だったのでしょう。私を怒らせて京都に行かせる」

「どうして、そんなことをしなくちゃならないんだ？」

「私に、光影師匠の正体を突き止めさせるため」

「俺は京太の紙切り転向には反対だった。その俺が、どうして光影を捜す手助けをしなくちゃならん？」

「編集長は、本当に反対だったんですか？　心の底では、京太師匠を応援していたのではないですか？」

「応援したいのなら、ちゃんと応援するさ。陰に回ってこそこそするようなこと、するもんか」

「でも、そうせざるを得なかったとしたら？」

牧の眉がぴくりと動く。いいところを衝いたらしい。

「編集長は初めから、光影師匠の正体を知っていたのでしょう？」

「えらく話が飛ぶな」

「編集長は、光影直々の依頼を受けていたのではないですか？　正体がバレないよう、証拠の品々を消してくれって」

牧はソファの上で胡坐《あぐら》をかき、目を閉じている。

「だから、表立って京太師匠の応援ができなかった。そこで、私を使った。私を焚《た》きつけて京都に向かわせ、光影師匠の正体を突き止めさせようとした」

「おまえさんの話はよく判らないな」

「グレーのスーツに銀縁眼鏡。白髪のカツラ。うまく化けましたね」

牧は鼻の頭を掻きながら、「ふむ」とうなずいた。

「変装して京都に行き、光影の証拠を消していたのが俺。一方、光影の正体を探らせようとおまえさんを派遣したのも俺。矛盾していないか?」

「一見そのようですが、違います。編集長は証拠を消してなんかいません。それどころか、常に私を導いた。私は編集長の敷いたレールの上を歩いていたに過ぎません」

「そんな器用な真似、俺にはできんぜ」

牧の軽口を無視して、緑は続ける。

「私がまず鴨居亭を訪ねるのは、誰にでも予想がつきます。次は上方落語組合です。間に若林写真館が入るとは、さすがの編集長も予想できなかったでしょうけど」

かまをかけてみたが、牧は表情を変えない。

「編集長は、落語組合に大きな手がかりを残しました。文夫さん追悼会の名簿です。編集長は私が来ることを予期して、わざと名簿の件をきいた。岡倉さんの印象に残るようにです」

「その理由は？」

「私を熊田老人の許に、そして最終的に佐分利家まで導くためです。そもそも編集長は、テープの存在をとうに知っていたはずです。それなのに、どうしてわざわざ組合の事務局に行って、あんなリストを要求したのでしょうか」

牧の表情が緩んできた。三日月のように細めた目がきらりと光る。それに勢いを得て、緑は言った。

「あそこで追悼会の名簿が出てこなければ、私の調査は頓挫していました。編集長の行動は、明らかに私の手助けをしています」

牧は満足げにうなずいた。

「ではその意味は？　おまえさんの手助けをすることに、どんな意味がある？」

「光影です。光影の正体を私に教えようとしている。私はそう考えました」

「なるほど」

「編集長は、光影に関係する品を私に先んじて回収していきました。鴨居亭の本二冊、若林家に残っていた写真、それに佐分利家のカセットテープです。鴨居亭の二冊はともかく、残る二つの品は、推理の手がかりになります」

牧は愉快そうに口許を緩める。

「そいつは何だ？」

「写真には光影師匠の顔が、テープには声が入っていた。その二つを、私に先んじて回収してしまいました。なぜでしょうか？」

「顔と声を知られたくなかったからだろうな」

「でも、私は光影師匠について、ほとんど知識がありません。熊田老人にも言われましたが、顔写真やテープを手に入れたところで、その正体に迫る可能性は低いはずです。にもかかわらず、二つの品は回収された。私の行く一日前に」

牧は無言である。小さくうなずいたのは、続けろという合図らしい。

「つまり、光影師匠の正体は、私の知っている人物なのではないでしょうか。顔や声を聞けば、すぐに思い当たるような人物」

「だが、そんなやつは山ほどいるぜ」

「今回の件についてはもう一つ、考えに入れなければならない点があります」

「ほう」

「時間です。若林写真館と佐分利家での回収は、私が京都に行く一日前に、大慌てで行われています。これはどういうことでしょう？」

「さあな、偶然なんじゃないのか？」

「鴨居亭の二冊がなくなったのは、池松さんのお話によれば、二か月ほど前だそうです。それなのに、残る二つはどうしてそのままにしてあったのか」

牧は口を閉じたまま。緑に結論を言わせるつもりらしい。

「実は光影師匠の身許隠しは、それほど逼迫《ひっぱく》したことではなかった。神業と言われた人でも、活躍したのは三十年前です。今では覚えている人も少ない。高座を知る人たちも、年々減っている。だから、よほどのことがない限り、こちらからリアクションを起こすことはない。編集長はそう判断したんでしょう？　若林写真館や佐分利家を訪れたりすれば、逆に目立つ。何もない間は、下手に波風を立てない方がいい。光影師匠の記憶は自然に風化させていくべきだ。そう考えていたのでしょう？」

長々と語ったせいで、喉が渇いてきた。まずお茶を淹れるべきだったと後悔するが、もう遅い。牧は胡坐のまま、緑の言葉を待っている。

長口上は、編集長の専売特許なのに。ため息をつきながら、緑は続ける。

「ところが状況が変わった。私が京都に行き、光影師匠について調べることになった。そこで、光影師匠は、編集長に写真とテープの回収を依頼した」

「流れとしては悪くない。だが、それと光影の正体はどう繋がる？」

「光影師匠はなぜ、自分の正体を私にまで隠そうとしたのでしょう？　編集長には正体を見せ、どうして私には隠したのか」

「そりゃあ、キャリアが違うからさ。失礼な言い方だがな」

「だったらなおさら、編集長を通じて私の口をつぐませる方が、はるかに簡単じゃないですか。どうして、それをしなかったのでしょう。光影師匠は私にも自分の正体を隠そうとしました。それはなぜでしょう」

牧が胡坐を解き、坐り直す。

「なぜだと思う？」

「京太師匠の味方だから」

「大分、絞りこめてきたな」

「光影師匠は私がよく知る人物。そしてその正体を絶対に京太師匠に知られたくない人物」

「さすが、牧さんの部下だ」

戸口に黒い影があった。恰幅のいい体を揺すりながら、部屋に入ってくる。

「お察しの通り、私が光影だ」


「私は京都の生まれでな。初めて紙切りを見たのは、十歳のときだった。親と東京見物に来たときに、浅草の寄席に入った。柳々斎一春師匠の芸。見事なものだったな」

ソファに坐った松の家京楽は、懐かしげに目を細める。緑と牧はその向かいに並んで腰を下ろしていた。

「すると、師匠に紙切りを教えたのは、一春師匠なんですか」

「いやいや。私は二十歳でこっちに出てくるまで、ずっと京都にいた。紙切りの芸は独学だ」

「独学？　神業と呼ばれたあの芸は、すべてご自分で……」

「独学だからこそ、あれだけのことができたのさ。一春師匠の紙切りを見て以来、真似しようと練習ばかりしていた。新聞や広告など、切れるものは何でも切った。鋏をすぐ駄目にしてしまうから、親にはいつも怒られていた。そうして五年も続けていれば、そこそこのものが切れるようになってくる。そうなると、ますます面白くなる」

そう語る京楽の顔は、少年のように輝いている。

「十五になったとき、親に連れられて鴨居亭に行った。私は親に内緒で、席亭の文夫さんに自分の紙切りを見てもらったのさ。さすがの文夫さんも、驚いていたな」

低い声で笑いながら、京楽は両手を膝の上に置く。その手に、緑の目は釘づけとなった。鋏によって刻まれたのであろう細かな傷。そして、鋏の持ち手の当たる部分だけが、大きく盛り上がっている。

かつて寝食を忘れ、紙切りに没頭した男。紙を血で染めながら、伝説の「神業」を編みだしたのだ。

京楽は言葉を区切りながら、ゆっくりと話を進めていく。

「高座に出ることを勧めたのは、文夫さんだった。タキシードに蝶ネクタイ、分厚い伊達《だて》眼鏡。すべては年齢を隠すためのものだった。何しろ、まだ十五歳だったからな。作品を回収したのもそのせいだ。作品が広まれば、名も広まる。京都以外の寄席からも出演依頼が来るだろう。だが、十五の少年が全国を飛び回るわけにもいかない」

神業光影。その謎が一つ一つ解かれていく。

「光影師匠が、鴨居亭にしか出演しなかったのは……」

「しなかったわけではない。できなかったんだ。光影の正体を知る者は、私の両親と文夫さんだけ。他の寄席に出るわけにはいかないよ」

「でも、どうして三年で紙切りを捨ててしまわれたのです？」

その点が、緑には納得できない。好きで始めた紙切り。さあこれからというときになって、光影はどうしてそれを捨てたのか。

意外にも答えはすぐに返ってきた。

「簡単なことさ。落語に惚れたんだ」

「は？」

「紙切りに憧れた男が、今度は落語に惚れた。寄席の隅っこで聴いていた落語が、どうしても忘れられなくなったんだ。十八になったとき、私は文夫さんに相談した」

京楽の目はわずかに潤んでいた。脳裏に浮かぶのは、当時の鴨居亭だろうか。

「文夫さんは、驚いた様子も見せなかった。こうなることは判っていた、そんな感じだったな。文夫さんの諒解をもらい、その日から光影は姿を消した」

今まで無言を通してきた牧が、初めて口を開いた。

「関西弁の抜けない若者が松の家喜楽師匠の門を叩いたのは、その二年後だ。入門を許されたその若者は、松の家小楽《しょうらく》を名乗った」

それから三十年、小楽は真を打って京楽となった。

「編集長は、いつから知っていたのです？　光影師匠の正体を？」

「十年ほど前かな、うちの雑誌で光影師匠の特集をやろうと思った。そこで、色々調べて回ったんだが……」

京楽が苦笑して言う。

「牧さんは、瞬く間に私の正体を見抜いてしまった。私はすべてを話し、秘密を守っていただくよう頼みこんだのさ」

ここに至ってもなお、緑には合点のいかないことがある。

「京楽師匠は、どうして正体を隠すのです？　京楽師匠が光影師匠だと判っても、別に問題はないはずです。それどころか、落語と紙切りを並行して……」

「緑さん、落語というものは、それほど易しいものではない。入門するに当たって、文夫さんにきつく言われたことがある。落語の道を選ぶのであれば、紙切りは捨てろ。いつになく厳しい口調で、おっしゃった。私はね、その言葉を一生、守っていくつもりだよ」

緑は牧に目を移す。

「編集長は、それで光影師匠ゆかりの品を……」

「師匠直々に頼まれちまったのさ。光影と京楽を結びつけるようなものは、すべて処分してくれと。この数年であらかた回収したんだが、おまえさんの推理通り、いくつか問題のある品が出てきてね」

若林の撮った写真と佐分利のカセットテープ。

「お二人とも亡くなっているし、問題はないと思っていた。それが……」

京楽はため息と共に、顎をさする。

「よりによって京太がなぁ。皮肉なものだ。やつが見たゆりかもめは、私が高座で最後に切ったものだ。あれだけは、どうしても傍に置いておきたくてね。油断だったな」

「京太師匠は紙切りに惚れ、落語の稽古に身が入らなくなってきた。そしてついには破門騒ぎだ。残る二品も早急に回収せざるを得なくなった」

「破門を言い渡したあと、その足で私は牧さんに会った。そして、京都に行ってくれるよう頼んだ。快諾してもらえたので、安心していたのだが……」

京楽がぐいと牧を睨みつけた。怒りを隠そうともしない、威圧的な眼力だ。

「あんた、京太のこと、随分前から知っていなさったね」

京楽の恫喝《どうかつ》にも、牧は一向怯《ひる》まない。

「京楽師匠ともあろうお人が、見逃しなさったんですか？　一年ほど前から、京太師匠の手は傷だらけだ。膏薬を塗って誤魔化していたようだが、それにも限度がある。もう一つ、寄席のゴミ箱だ。楽屋で一人になったときなんか、練習していたんでしょうな。紙切りの練習には必ず紙屑が出る。象やら兎やら、色々ありましたぜ」

京楽一門若手会の当日、牧はゴミ捨て場の方から現れた。煙草ではなかった。ゴミを調べていたのだ。

「この半年くらいで随分と腕を上げた。お世辞抜きに言いますがね、なかなかの才能です」

「それだけのことが判っていながら、あんた私には黙っていたのか。その上、間宮さんに光影の正体を教えるような真似までして……」

部屋全体が震える、怒鳴り声。緑はソファの隅で体を縮めた。しかし牧は、眉一つ動かすことなく、それを受け止める。

「京楽師匠、本音を言わせてもらうとね、私は京太師匠の味方をしたい」

「牧さん！」

「京楽師匠、今の京太師匠は三十年前のあなたと同じだ。あなたは先代一春の紙切りを見て、その道に惚れた。そのときの気持ちを思いだしてごらんなさい」

朱に染まっていた京楽の頬が、みるみる白んでいく。

間合いを計りつつ、牧は言った。

「止めろと言われて、すぐに引き下がれますか」

京楽は目蓋を閉じ、固く腕組みをした。その顔には苦悩が表れている。

対する牧は、相変わらず、平然とした顔。二人のやりとりを聞きながら、緑はソファの隅で小さくなっている。

やがて、京楽は言った。

「師弟とは親子のようなもの。親のやったことを子供が真似る」

「親子揃って大酒飲み。そんな家もありますよ」

「とんだ『親子酒』だな」

京楽は苦笑を浮かべ、立ち上がる。

「さて、協会へ報告に行かねばならん」

「何の報告です？」

緑は思わずきいてしまった。

「決まっているだろう。京太の破門だよ」

「そ、そんな……」

「私のところを破門になれば、あとはどうしようとやつの勝手だ」

「でも、光影は……」

「光影は、三十年前に死んだんだ」

破門されれば、京楽の許にはいられない。さらに協会の登録を抹消されれば、どこの寄席にも出演できなくなってしまう。

「京楽師匠！」

大きな背中は、ゆらりゆらりと廊下に出ていく。静まり返った廊下に、靴音が響き、遠ざかる。

「編集長」

だが牧は微動だにしない。

「このままでは、京太師匠が……」

「京楽師匠も迷っているのさ。難しい問題だ。俺たちには、これ以上、何もできんよ」

緑は廊下に飛びだした。だが京楽の姿は、もう見えなかった。

八

賀茂川と高野川の合流地点。その少し先にかかる加茂大橋に、小さな人の輪ができていた。輪の中心にいるのは、Tシャツ姿の男。右手には鋏、左手には白紙を持っている。

「さあ、何かリクエストはありませんか」

前列にいた子供が声を張りあげた。

「じゃあ、ブルーマン」

動きだそうとした男の右手がぴたりと止まる。

「おっさん、ブルーマン知らへんのか。テレビ、見たことないんかい？」

「ブルーマン？」

「ごめん。最近の番組はよく知らないんだ」

「何や、しょうもない」

子供はふくれ面をして、輪から離れていく。後列にいた老人がそれを見ながら、

「あんた、紙切りやるんやったら、それくらい勉強してこなあかんで」

「すみません」

「ほな、鎧《よろい》武者をやってもらおか。このくらいやったら、できるやろ」

「はい。ありがとうございます」

男は軽快な手つきで、紙を切りだす。

その様子を、緑はやや離れたところから見つめていた。

「京太師匠……」

松の家京太が破門され、既に三月。京都に妙な紙切りがいるとの噂を聞いて、来てみたのだ。

「はい、鎧武者でございます」

黒い台紙に入れ、出来を示す京太。馬にまたがる鎧武者。躍動感ある馬とどっしり構えた武者のバランスが見事に決まっている。

「ほう、こら大したもんや」

リクエストをした老人も、満足げである。

今度は中ほどにいた中年男性が手を上げる。

「宝船をやってもらおか」

京太はうやうやしく頭を下げると、新たな紙を取りだした。上体を前後左右に揺らしながら、さくさくと切り分けていく。

「駄目だ」

緑の背後で、突然、声がした。いつの間にか、貫禄のある男が立っている。その顔を見上げて驚いた。

「京楽師匠!」

「宝船を切るのに、あんなに時間がかかっていては駄目だ。左手の動きはいい。問題は道具だ。やつめ、鋏の手入れを知らん」

腕を組んだまま、鋭い視線を京太に向ける。当の京太は、そんなことに気づいてはいない。宝船を切るのに必死である。

京楽はまたも苦笑する。

「黙ったまま切ってどうする。高座では通用せんぞ」

そのあたりは、輪にいる客たちも感じているのだろう。

「おいおい、そんな必死にならんでもええがな」

「もっと気楽にいこ」

野次まがいの言葉が飛ぶ。

ようやくのことで宝船ができあがる。船の帆に書かれた「宝」の文字。一ミリの狂いもなく、構図の中心に収まっている。輪の中から歓声があがった。

「間宮さん」

一歩前に出た京楽は、緑の横に並んだ。その手には、新書判ほどの大きさをした桐の箱がある。

「これをあいつに渡してくれませんか」

さしだされた箱を、緑は反射的に受け取った。

「え……」

さほど重くはない。京楽はニヤリと笑い、

「別におかしなものは入っておらん。何なら、確かめていただいても構いません」

言葉に従い、緑は蓋を取った。

中身は、銀色に輝く鋏。刃先は、和紙で封がされている。

「これは……」

「私が作らせた。これを使いこなせれば、半人前といったところかな」

橋上の京太は新たなリクエストに応え、悪戦苦闘している。

「牧さんに言われてから、色々と考えましてな。あんなやつでも弟子は弟子。二つの道を同時に極められるほど器用な質《たち》ではないが、仕方がない。文夫さんも許してくださるだろう」

くるりと背を見せる京楽に、緑は慌てて言った。

「どうしてご自分でお渡しにならないのです？　京太師匠、どれだけ喜ぶか」

「いや、これから行くところがありましてな。ちょっとデパートへ」

「デパート？」

京楽は黒縁の円めがねを胸ポケットから取りだした。

「タキシードと蝶ネクタイを買ってきます」

解　説——二十一世紀の落語ミステリを切り拓いた作家・大倉崇裕

村上貴史

■牧と緑

それにしても大倉崇裕、いい作家である。コンスタントに良質で気持ちのよいミステリを送り届けてくれる貴重な作家だ。

それ故に——悩ましいのである。

悩ましさについては後ほど語るとして、まずは大倉崇裕の紹介から始めよう。一九九七年に「三人目の幽霊」が第四回創元推理短編賞の佳作に選ばれ、その名はミステリファンに知られることとなった。

落語家たちに二日続けて悪質な行為が働かれたことを発端とする「三人目の幽霊」。いずれも小道具に細工が施され、落語家が噺をオチまでしゃべれない状況に追い込まれた。そして三日目、舞台に幽霊が出る……。

名門同士の争いと和解の動きを背景に、落語家たちの心をミステリの手法で鮮やかに描き出した作品である。この事件の謎解きに挑むのが、『季刊落語』編集長の牧大路と新米編集者の間宮緑だ。

大倉崇裕は、この作品を間宮緑の視点から描いた。落語に疎《うと》い彼女を通じて、落語知識をスムーズに提供しているのだ。その結果、読者は素直に落語界でのミステリを愉しめるようになる。そのミステリという切り口では、間宮緑はワトスン役として働き、セリフや地の文を通じて事件の交通整理をしている。つまり彼女が落語の素人とワトスン役という二重の下地となったうえで、牧が人並み外れた推理力を活かし、落語知識をスパイスとして鮮やかに謎を解くのである。新人賞応募作にもかかわらず、実にしたたかな作りだったのだ。選考会で高く評価されたのも頷けよう。

落語ミステリを語るうえで最強ともいえるこのコンビは、その後も様々な事件に遭遇していく。小説家大倉崇裕の初の単行本[*1]『三人目の幽霊』は、創元推理短編賞の佳作に二人の活躍を描いた四つの短篇を加えて二〇〇一年に刊行された。

大倉崇裕はその後、第二作『ツール&ストール』[*2]を経て、二〇〇三年に再び牧と緑を登場させる。シリーズ第二作は『七度狐《しちどぎつね》』という長篇だった。

静岡のとある山村で、六代目春華亭古秋《しゅんかていこしゅう》が一門会を開く。いずれも噺家である三人の息子の誰に古秋の名を継がせるかを、落語の出来映えで決めようというのだ。だが、一門会を前にして、大雨によって村は孤絶、牧の指示で単身現地入りしていた緑を含め、一同は村に閉じ込められてしまう。その閉鎖環境で殺人事件が発生した。それも、落語『七度狐』を見立てるように……。

クローズドサークルでの連続殺人劇だ！

ホームズ役が大雨で現地入りできないなか、ワトスン役が電話を頼りに現場で行動する安楽椅子探偵型のミステリだ！

そして、とことん〝落語ミステリ〟だ！

とまあエクスクラメーションマークを三連発したくなるようなミステリが『七度狐』なのである。

タイトルとなった〝七度狐〟は、ある意味で幻の落語である。すり鉢を当てられて怒った狐が、当てた二人組を七回化かすという筋だが、七回すべてを語るには時間がかかりすぎること、また七回も似たパターンを繰り返すと観客に先を読まれてしまうことなどから、現在では二回の化かししか語られなくなっている。そして語られなくなった五つの化かしについては、もはやどのように人を騙したのか判らなくなっているのだ。

そうした幻の落語を題材として選んだ大倉崇裕は、落語史に基づいて自分なりに七回化かす七度狐を練り上げ、それを活かした見立て殺人のミステリを完成させたのである。もう一つエクスクラメーションマークを追加すべき偉業といえよう。

そして二〇〇五年、大倉崇裕は牧と緑のシリーズ第三作を発表する。それが本書『やさしい死神』だ。第一作同様、五篇を収録した短篇集である。

表題作の「やさしい死神」は、こんな話。

「口入屋」という噺によって場内が笑いに包み込まれるなか、ただ一人嗤《わら》わず、高座の月《つき》の家花助《やはなすけ》を睨みつけている若い男性客がいた。取材に訪れていた間宮緑はその姿を目撃して疑問に感じ、牧にそのことを告げる。すると牧は、月の家花助の師匠であり落語界の重鎮である月の家栄楽《えいらく》のもとに緑を案内した。落語界の未来を憂慮する栄楽は、かつて破門した門下生の名をぽつりと漏らす。それから程なく事件は起きた。栄楽が昏倒したのだ。「死神にやられた」との言葉を残して……。

噺の内容と現実の事件を巧みに重ね合わせる技が、相変わらず冴えている。しかも、単に重ねるのではなく、それを気持ちのよい後味の小説に仕上げるところが大倉崇裕の魅力である。「やさしい死神」はまさにその代表例といえよう。

続く「無口な噺家」は、食膳の鯛をめぐる殿様と家来のやりとりが愉快な「桜鯛」という噺で幕を開ける。昭和初期から中期にかけて大名人として活躍した松《まつ》の家文吉《やぶんきち》。彼の最後の弟子である文喬《ぶんきょう》も既に齢《よわい》七十を超えた。文吉追悼公演の主催者として準備を進めていた文喬だったが、病に倒れてしまう。それでも彼は懸命のリハビリで再び高座を目指す。「無口な噺家」は、その文喬と彼を支える二人の弟子の姿を、ある書店を標的に悪質ないたずらが連続した事件と、さらには「桜鯛」と絡めつつ描いた一篇。終盤のどんでん返しの連続が心地よい。

第三話「幻の婚礼」では、ある噺家が「幽霊と話をしちまった」事件について、緑が謎解きに挑む。牧は米国出張中で不在、『七度狐』のときのように密な電話連絡で支援を頼むことも困難であった。作者も彼女一人にすべてを負せるのは荷が重すぎると考えたのか、『七度狐』でも活躍した助っ人を送り込んだ。その人物と緑の連係プレイも愉しい作品である。緑を中心に据えたせいか、本短篇集のなかで（あくまでも相対的にであるが）最も落語味の薄い一篇となっている。

噺の最中に客の携帯電話が鳴り、腰を折られた華駒亭番治《はなごまていばんじ》が高座を途中で降りてしまう騒動を描いた第四話が「へそを曲げた噺家」である。携帯電話の持ち主は、なんと番治師匠の後援会会長であった。牧に相談に来たその会長は、寄席に入場する直前たしかに携帯電話の電源を切ったという。その後携帯電話から目を離していた時間があるので、その間に誰かが電源を入れたのではないか、というのだ。この事件も牧と緑が解決するのだが、その真相の意外なこと。犯人設定といい動機といい、そして結末といい、いずれもが意外なのだ。その意外性がもたらす衝撃に、読後とにかく嬉しくなってしまう。

掉尾を飾る「紙切り騒動」では、緑が単身京都に乗り込んで調査をする様が描かれる。若手有望株の松の家京太《まつやきようた》は、師匠から破門を言い渡された。紙切りという〝色物〟に心を奪われ、落語を辞めると言い出したためだ。彼をそこまで衝《つ》き動かした切り絵は、かつて京都でほんのわずかな期間だけ活躍した幻の天才紙切り芸人・光影《こうえい》の作品だった。三十年前に高座を去って以来、消息は全く不明。だが京太は是が非でも光影に弟子入りしたいという。その熱意にほだされた緑は、光影を求めて京都に旅立つ。制限時間は三日間……。

意外でありつつも心温まる結末を迎えるこの第五話にとりわけ顕著なのだが、このシリーズ、頑張る人を応援する緑の姿勢がとにかく心地よい。高座での自分の喋りがすべてという究極の成果主義の世界を描きつつ、その成果に向けて頑張ることにも大倉崇裕はきっちりと目を配っている。その目配りこそが、牧と緑と落語家たちの物語に温もりを与えているのだろう。

さらに緑についていえば、本書では彼女の成長をはっきりと読み取ることができる。まず目につくのが、牧に対して強くなった点だ。著しく事務能力に欠ける牧をなんとか動かそうとする迫力を備えてきたのだ。正面から迫る緑、それをのらりくらりと躱《かわ》す牧。読む者の心を和ませてくれる二人のキャッチボールである。

そしてなにより、緑は『季刊落語』編集者として成長した。落語に詳しくなったし、落語界の人々にも顔を覚えられた。そんな描写が本書の随所に顔を出している。そんな彼女の様子を読むのも『やさしい死神』の愉しみの一つだ。

そうした緑の成長に呼応するように、事件も謎も落語界といっそう深く関わるようになってきたし、ミステリとしての結末も作中で言及した噺との関連が密になってきた。そう、ますます〝落語ミステリ〟として磨きがかかってきたのである。

■噺と謎

落語ミステリについては、以前、創元クライム・クラブ版『三人目の幽霊』の巻末で述べたことがある。都筑道夫の「粗忽《そこつ》長屋」「花見の仇討《あだうち》」や横溝正史の「花見の仇討ち」、さらに霞流一『オクトパスキラー8号』や竹内真『粗忽拳銃』を紹介し、北村薫の円紫師匠シリーズと大倉作品を比較したのだが、原稿用紙にして六枚ほどもあるので、そっくりそのまま引用することは控えよう。関心のある方は、そちらを参照してくだされば幸いだ。

二〇〇一年にその文章を書いた後、日本ミステリ界には新たな落語ミステリがいくつも誕生している。

本書に先だって二〇〇四年に刊行されたのが、田中啓文『笑酔亭梅寿謎解噺《しょうすいていばいじゅ》』だ。元不良少年の竜二が無理矢理落語家に弟子入りさせられ、逃亡を図りつつも謎解きに意外な才能を発揮してしまうというミステリである。二〇〇三年から『小説すばる』に発表されてきた作品を集めた短篇集で、文庫化に際して『ハナシがちがう！　笑酔亭梅寿謎解噺』と改題された。その後、『ハナシにならん！　笑酔亭梅寿謎解噺2』（二〇〇六年）、『ハナシがはずむ！　笑酔亭梅寿謎解噺3』（二〇〇八年）、『ハナシがうごく！　笑酔亭梅寿謎解噺4』（二〇一〇年）と順調に巻を重ねている。梅駆と名乗るトサカ頭の竜二が、ときおり落語以外の世界に目移りしながらも落語家として成長する様と、酒好きな師匠の梅寿が引き起こす騒動や、そのコンビが推理と豪腕で次々と事件を解決に持ち込む様が愉しい連作短篇集である。

ちなみに田中啓文は、ホラーやSFも手掛け、さらにジャズを題材にした連作ミステリも書いており、シリーズ中の一作「渋い夢」で第六十二回日本推理作家協会賞短編部門を獲得した実力派である。実際にサックス・プレイヤーとしてジャズを演奏するという彼は、その一方で創作落語にも挑んでいる。それも、『笑酔亭梅寿謎解噺』の監修を依頼している落語家・月亭八天と組み、落語好きの作家（浅暮三文、我孫子武丸、北野勇作、他）も巻き込んで、実演会を継続的に開催するほどに真剣な洒落っ気で、だ。その実演会の模様は、『ハナシをノベル!!　花見の巻』というCD付きの単行本（二〇〇七年）を通じて窺うことができる。『ハナシをノベル』において大倉崇裕ファン最大の注目作は、田中啓文の手による「真説・七度狐」だろう。月亭八天が演じた三十二分四十九秒に及ぶ音源もCDに収録されているので、読んでよし聴いてよしである。大倉版『七度狐』ともあわせて愉しんでいただきたい。両者の発想の相違が如実に表れていて実に興味深い。

大倉崇裕の牧と緑の物語や、田中啓文の笑酔亭梅寿謎解噺、あるいは落語を題材としたTVドラマ『タイガー&ドラゴン』のヒットに続くようにして、一九九四年に『化身』で第五回鮎川哲也賞を受賞した愛川晶も落語ミステリを世に送り出し始めた。その第一作が二〇〇七年の『道具屋殺人事件』。三篇を収めた作品集である。こちらも読者に歓迎され、『芝浜謎噺』(二〇〇八年)、『うまや怪談』(二〇〇九年)と刊行された。愛川晶の落語ミステリも、大倉崇裕や田中啓文同様、噺と謎解きを鮮やかにシンクロさせている。

学生時代は落語研究会に所属し、女子高校生探偵・根津愛を主人公として本格ミステリを書いている間も、落語ミステリを書きたいと思い続けてきたという愛川晶。彼は、自身の落語ミステリを世に問うにあたり、語り手を若手落語家の妻に設定した。それも「落語って何人でするの?」というレベルで、大倉崇裕が生んだ間宮緑以上に無知なのである。その人物を通じて読者に落語を嚙み砕いて説明しつつ、妻という、落語誌編集者(=緑)よりなおいっそう噺家に近い視点人物を通じて、愛川晶は落語家や落語界を詳述した。そのうえで、彼女の夫を探偵役に設定して謎を解かせたのである。だが、これも単純に夫の落語家が探偵役として活躍するという演出ではなく、彼のさらに奥に、脳溢血で倒れ、現在リハビリ中の師匠が真の探偵役として控えているという二重構造を仕込んだのだ。凝った作りではあるが、それを意識せずに愉しめる作品に仕上がっている。こちらもお薦めである。

辻原登『円朝芝居噺 夫婦幽霊』(二〇〇七年)も要注目の一冊だ。三遊亭円朝(「死神」

を生んだ落語家であり本書読者は特に要注目）が創作したという「夫婦幽霊」なる落語を作中作として取り込んだ一作であり、様々な騙りの技巧を凝らして噺の内外をたゆたいつつ、四千両強奪事件を扱った悪漢小説として読ませるし、その「夫婦幽霊」という落語をめぐる謎の物語としても愉しませてくれる。大倉崇裕、田中啓文、愛川晶らの落語＋本格ミステリとはまた違う味わいで満足できる一冊だ。

大倉崇裕自身もこうした動きを傍観していたわけではなく、大学の落語研究会、すなわちオチケンを舞台にした作品を放っている。『オチケン！』（二〇〇七年）と『オチケン、ピンチ!!』（二〇〇九年）の二作がそれだ。中篇を二篇ずつ収録した作品集である。

越智健一。そんな名前が災いしたのかどうか、彼は入学早々オチケンに引きずり込まれてしまった。後に判ったことだが、オチケンが正式に部として存続するためには三人の部員が必要で、二人っきりの在籍部員が、その三人目として越智を強引に勧誘したのであった。越智自身は落語に関する素養は全くなく、それどころか興味すらなかった。なのにオチケンなのである。さらに困ったことに、二人の先輩がそれぞれ強烈に個性的であった。落語の腕前は抜群だが、行動が強引で、しかも常識にとらわれない岸。端整な顔立ち、ソフトな物腰で新入生の越智にも敬語で話しかけるが、なにやら秘められた一面がありそうな中村。この二人に挟まれて、越智は大学内のもめ事に首を突っ込んでいくことになる……。

牧と緑のシリーズがプロの落語家の世界を描いているのに対し、こちらは学生中心である分、落語色は相対的に薄く、青春ミステリやコメディとしての色合いが濃い。とはいえ、要所では落語がキーとして活かされている点はさすが大倉崇裕だ。特に『オチケン!』第二話の「馬術部の醜聞」では、あるトリックを成立させるために深い落語知識が使われていて感服。また、都筑道夫も扱った「粗忽長屋」に挑んだ「粗忽者のアリバイ」も落語ミステリファンは必読だろう。

さらに落語ミステリファンにとっては、『オチケン!』に収録された『落語ってミステリー!?』というエッセイも嬉しいプレゼントだ。二〇〇六年から〇七年にかけて理論社のウェブサイトに大倉崇裕が連載したテキストをまとめたもので、都筑道夫の落語ミステリを掘り下げたり、あるいは落語をミステリとして読み解いてみたりと、実に刺激的な内容である。読み逃してはなるまい。

二〇〇一年に『三人目の幽霊』が上梓されて以降、このように二十一世紀の落語ミステリは充実してきた。もちろん、大倉崇裕もその重要な一翼を担っている。

■山と福

この間に、大倉崇裕もその作品世界を拡大してきた。

なかでも特筆すべきは、二〇〇八年の『聖域』である。

それまでは柔らかさや軽妙さを特徴とする本格ミステリ（牧と緑の作品群や『ツール＆ストール』など）や、フィギュアや警官グッズといったマニア性で濃厚に味付けしたミステリ（『無法地帯』『警官倶楽部』）が大倉作品の基軸だったのだが、この『聖域』は、骨太、重厚、といった言葉がよく似合う山岳ミステリなのだ。

大学時代、山岳部でトップを競った草庭と安西。草庭はその後、ある事故をきっかけに山をやめたが、安西は継続し、マッキンリーをも極めた。三年ぶりに草庭を山に誘った安西は、来年には未踏峰カムチャランガを目指すと語る。その安西が、塩尻岳で滑落した。安西の技量を考えれば、事故はあり得ない。となれば自殺か、あるいは殺人か——草庭はそう考え、真相を求めて再び山に戻ることを決意する……。

構想から刊行まで、十年を費やしたという作品だ。作家として短篇を数本書いた段階から取り組んでいた作品なのである。大学時代は自身山岳部員として山に夢中になっていた大倉崇裕が、まさに全身全霊を込めて書き上げた作品といってよかろう。謎の転がし方、山岳描写の迫力、善玉悪玉含めてがっちりと造形された登場人物、いずれもが上質である。この作品によって、大倉崇裕が新たな世界に踏み出したのだ。

その後大倉崇裕は、『生還　山岳捜査官・釜谷亮二』[*3]（二〇〇八年）や『白虹』（二〇一〇年）という山岳ミステリを放っている。それぞれ『聖域』とは異なる個性を備えた魅力的な作品であった。もはや完全にこの領域での地歩を固めたといってよかろう。さらなる山岳ミステリの良品を期待したい。

もう一つ言及しておきたいのが、二〇〇五年に書き始められた福家警部補のシリーズである。これまでに『福家警部補の挨拶』（二〇〇六年）と『福家警部補の再訪』（二〇〇六年）の二冊が刊行されている。このシリーズは、刑事コロンボや古畑任三郎といったTVドラマでおなじみの倒叙ミステリの連作だ。大倉崇裕は、自ら翻訳を手掛けるほどの刑事コロンボマニアである。そんな彼が、なまじなレベルの作品をよしとするはずがない。[*1] 案の定、倒叙スタイルをとことん愉しめる作品がずらりと並ぶ結果となった。こちらも息の長いシリーズとなりそうであり、嬉しい限りだ。

■緑と牧

さて、冒頭に記したように、大倉崇裕はいい作家なのである。福家警部補シリーズにしても、白戸君のシリーズにしても、もちろん山岳ミステリにしても、いずれもが読者を愉しませてくれる良質なミステリなのだ。

そうしたいい作品を書いてくれる作家だからこそ、悩ましく思うのである——本書『やさしい死神』の続編を書いてほしいとねだってよいのだろうか、と。

大倉崇裕は、『やさしい死神』以降、牧と緑の小説を書いていない。二〇〇五年一月の単行本化に際して二篇を書き下ろしてから書いていないわけで、本解説の執筆時点で、まるまる六年以上が経過していることになる。

著者本人はもちろんシリーズを続けていくつもりであり、長篇を書こうと構想しているそうだ。また、その長篇に織り込むかどうかはともかくとして、自分の他のシリーズとの接点も考えたりしているという。

そう、頭のなかではしっかりと練られているのだ。

なので――。

ワクワクしながら気長に気長に待つことにしよう。思えば、山岳ミステリの『聖域』にしても、十年かけてその時間にふさわしい作品を生み出した大倉崇裕である。待つ甲斐はきっとあるはずだ。[*4]

他の良質な大倉ミステリを読みながら牧と緑を待つというのも、またなんとも贅沢な話じゃないか。

[*1] 翻訳作品としては、二〇〇〇年に円谷夏樹名義で『刑事コロンボ　殺しの序曲』が刊行されている。著者はウィリアム・リンク&リチャード・レビンソン――だが、実態は、円谷夏樹こと大倉崇裕がコロンボのビデオをもとに書き起こしたものだそうだ。同様の手法で同年に世に送り出された『新・刑事コロンボ　死の引受人』は

大倉崇裕名義であった。祖母の一喝で大倉名義にしたとのこと。刑事コロンボのノベライズと大倉崇裕の関係については、『福家警部補の挨拶』の小山正解説に詳しいので、そちらを参照されたい。

*2 大倉崇裕は、白戸修というお人好しの青年が巻き込まれたスリ騒動の意外な顚末が愉しい短篇を投じて、一九九八年の第二十回小説推理新人賞を受賞した。受賞作を表題とした短篇集が、二〇〇二年刊行の第二作『ツール&ストール』である（文庫化に際して『白戸修の事件簿』と改題）。二〇一〇年には、久々の続編『白戸修の狼狽』も刊行された。白戸青年が相変わらず日常の騒動に巻き込まれ続けていて、なんだかちょっと嬉しい。彼が彼なりに成長を遂げている様子も読めたし。

*3 『山と渓谷』誌上掲載は二〇〇七年四月号から。つまりこの作品集は、『聖域』執筆の終盤に（おそらくは並行して）書かれていたのだろう。

*4 牧と緑のシリーズとオチケンシリーズを足しあわせてみると、二〇〇一年に始まり、三、五、七、九という具合に、奇数年に落語ミステリが刊行されている。ということは、二〇一一年にも何かが起きるかもしれない？

初出一覧

やさしい死神　創元推理21　二〇〇一年冬号（九月）
無口な噺家　創元推理21　二〇〇三年春号（二月）
幻の婚礼　書き下ろし
へそを曲げた噺家　ミステリーズ！ vol. 04（二〇〇四年三月）
紙切り騒動　書き下ろし

『やさしい死神』　東京創元社（二〇〇五年一月）

検印
廃止

著者紹介 1968年11月6日，京都府生まれ。学習院大学法学部卒業。97年「三人目の幽霊」が第4回創元推理短編賞佳作に。98年「ツール&ストール」で，第20回小説推理新人賞を受賞。著書に「七度狐」「聖域」「無法地帯」「福家警部補の挨拶」等。

やさしい死神

2011年3月18日　初版

著者 大《おお》倉《くら》崇《たか》裕《ひろ》

発行所（株）東京創元社
代表者 長谷川晋一

162-0814/東京都新宿区新小川町1-5
電話 03・3268・8231-営業部
03・3268・8204-編集部
URL http://www.tsogen.co.jp
振替 00160-9-1565
フォレスト・本間製本

乱丁・落丁本は，ご面倒ですが小社までご送付ください。送料小社負担にてお取替えいたします。

ISBN 978-4-488-47004-3　C0193

この噺は一体どこへ行くんだろう?

ANOTHER GHOST◆Takahiro Okura

三人目の幽霊

大倉崇裕

創元推理文庫

◆

年四回発行の落語専門誌「季刊落語」の編集部は
落語に全く不案内の新米編集者、間宮緑と
この道三十年のベテラン編集長、牧大路との総員二名。
並外れた洞察力の主である牧編集長の手にかかると、
寄席を巻き込んだ御家騒動や山荘の摩訶不思議、
潰え去る喫茶店の顚末といった〈落ち〉の見えない事件が
信じがたい飛躍を見せて着地する。
時に掛け合いを演じながら
牧の辿る筋道を必死に追いかける緑。
そして今日も、落語漬けの一日が始まる……。

◆

収録作品＝三人目の幽霊，不機嫌なソムリエ，
三鶯荘奇談，崩壊する喫茶店，患う時計

刑事コロンボ、古畑任三郎の系譜

ENTER LIEUTENANT FUKUIE◆Takahiro Okura

福家警部補の挨拶

大倉崇裕

創元推理文庫

◆

本への愛を貫く私設図書館長、
退職後大学講師に転じた科警研の名主任、
長年のライバルを葬った女優、
良い酒を造り続けるために水火を踏む酒造会社社長——
冒頭で犯人側の視点から犯行の首尾を語り、
その後捜査担当の福家警部補が
いかにして事件の真相を手繰り寄せていくかを描く
倒叙形式の本格ミステリ。
刑事コロンボ、古畑任三郎の手法で畳みかける、
四編収録のシリーズ第一集。

収録作品＝最後の一冊，オッカムの剃刀，
愛情のシナリオ，月の雫